ちくま文庫

家庭の事情

源氏鶏太

目次

家庭の事情

家庭の事情

家に五女あり

一

「ああ、せめて、五十万円あったらなア。」

明るい商店街を通り抜けて、ひっそりとした住宅街にさしかかったとき、男は、夜空を見上げて、溜息をつくようにしていった。

まだ、うすら寒かった。しかし、春は、すぐそこまで来ている。そういう感じであった。これは、幸福を予感させる。

しかし、男には、今は、それどころではないらしいのである。男にしては、ととのい過ぎているような美しい横顔に、深刻な苦悩を想わせる翳《かげ》を現わしていた。二十八、九歳であろう。

連れ添うているのは、二十三、四歳の、ビジネス・ガール風の娘であった。円顔で、中肉中背である。色は、白いようだ。

「五十万円、大金だわねえ。」

女もまた溜息をつくようにしていってから、ちょっと間をおいて、

「あたしの貯金……。」

と、遠慮勝ちにいった。

男は、女の顔を見た。女は、まぶしそうにまばたきして、

「五万円ならあるんですけど。」

「五万円？」

「はい。」

「しかし、十分の一だなア。」

男は、問題にならぬようにいった。

「あなたの貯金は？」

「ないんだよ。」

「全然？」

「そりゃアすこしはあるさ。一万円ぐらいなら。」

「あら、たったの？」

女は、思わずいった。

（この人は、それくらいの貯金しか持っていなくて、あたしと結婚してくれる気だったのかしら……）

つい、そのように思ってしまったのであった。

「悪かったね。」

男は、吐き出すようにいった。

「いいえ、そういう意味ではなく。ごめんなさいね。」

女は、頭を下げた。男は、うんともすんともいわなかった。

（ご機嫌を損じたわ）

女は、当惑した。もともと、神経質なところのある男だったのである。しかも、場合が悪かった。女は、この男の機嫌をなおすには、自分で五十万円もの大金を工面してこなければならないような気持ちにさせられていた。

そんなバカなことはないのである。しかし、それは赤の他人がいうことであって、惚れた弱味というものは、どうにもならないものだ。が、彼女にそんな大金の工面が出来よう筈がなかった。

「あたしが悪かったのよ。」

「いいよ。」

しかし、男の機嫌は、すこしも直っていなかった。それどころか、とんでもないことをいい出したのである。

「こうなると、僕たちは、当分の間、結婚出来ないね。」

「当分の間って？」

「一年先になるか、二年先になるか。」

「嫌よ、嫌よ。」

「あるいは、永遠に結婚出来ないかも。」

「嫌よ、嫌よ、あたし。そんなこと、絶対に嫌よ。」

「だって、考えてもみてくれよ。」

「………」

「さっきからいっている通り、親代りに僕を育てて、大学まで卒業させてくれた兄貴が、今や、不渡手形を出そうとしているんだよ。」

「………」

「一度、不渡手形を出したら、信用がガタ落ちになって、再起不能になる。即ち、破産することだ。」

「………」

「大恩ある兄貴の一家がそんなに困っているのに、弟の僕が結婚します、といえるかね。」

(それは、問題が違うと思うわ)

女は、と、いいたかったのだが、今、それをいったのでは、ますます男の機嫌を損じることは明白なのである。

「あなたって、お兄さん思いなのねえ。」

「そう。だから、僕は、僕なりに金策に駈けまわったんだが、どうにもならないんだ。」

「あたしの五万円をお役に立てて。」

「有りがとう。だけど、五十万円なのだ。それも明後日までに。」

「明日、あたし、五万円を持って行くわ。」

「僕は、君にまで、そういう迷惑をかけたくないんだ。」

「水臭いのね。」

「……………」

「それにあたし、あなたのこと、それとなく父にいってあるのよ。」

そこまでいってから、女は、何かを思い出したように、あッといって、あわてて時計を見た。七時になっていた。

（しまった）

父は、今日で会社を定年退職するのであった。今夜の晩ごはんは、家族揃ってということにしたいから、遅くとも七時までには帰ってくるように、といわれていたのである。

「ちょっと、今後のことについて、話したいことがあるから。」

父は、そうもいっていた。

今頃、父と四人の姉妹が夕食を前にして、自分を待ちこがれているのではなかろうか。そういう光景が髣髴としてくる。

彼女にしたところで、今夜は、早く帰るつもりであったのだ。が、男から電話がかかってくると、嫌とはいえず、寧ろ、喜んで出かけて行った。それでも、七時過ぎには帰宅するつもりでいたのだが、男の話が思いがけない深刻性を帯びてくると、いつかそのことも忘れていった……。

「どうしたのだ。」

「ううん、いいのよ。」

女は、たとえ遅くなったことで、父親からどんなに叱られようとも、こんな不機嫌になっている男と、このままで別れるのは辛かった。まして、事態は、二人の結婚のことにまで及んでいるのだ。一生の問題なのだ。

「先に帰ってくれていいよ。」

「嫌だわ、あたし。今夜中でも、あなたといっしょにいたいのよ。」

女は、媚びるようにいった。男は、唇をゆがめた。しかし、女にはわからなかった。

「ねッ、結婚して。」

「しかし、僕としてはこのまま君に、一年も二年も待たせるに忍びないよ。」

「あたし、待つわ。」

「それでは僕の男としての良心が許さぬ。」

「そんな良心なんか、あたしのためにならなら捨てて。」

「しかし。」

「もう、あたしが嫌いになったの？」

「そんなこと、あるもんか。」

「本当に？」

「本当だ。」

「信じていいのね。」

「勿論。」

女は、素速く周囲を見まわして、人目のないことをたしかめると、

「ねえ。」

と、寄り添うた。

女は、顔を仰向けにして、目を閉じていた。唇がかすかに開かれている。男は、黙ってそれを見ていた。

「ねえ、キッスをして。」

男の胸底から急に何かが込み上げて来たようだ。男は、荒荒しく女の肩を抱くと、荒荒しく女の唇を吸った。何かに憑かれたように貪り吸っていた。女は、身体を弓なりにして、それに応じていた。

終ってから女は、

「バカン。」

その目は、しっとりとうるんでいるようであった。

「失敬。」

男の目が、笑っていた。

「いいのよ。でも、嬉しかったわ。」

「今夜は、嫌なことばかりいってごめんよ。」

「そんなことないわ。あたし、却って、嬉しかったくらいよ。でも、お兄さんとこ、大変だわね。」

「まア、仕方がないさ。」

「とにかく、あたし、明日五万円を持って行くわ。だって、あなたのお兄さんなら、あたしにだって、やっぱり、お義兄《にい》さんになるんですもの。」

二

「二美ちゃん、遅いわねえ。」

「そうよ、怪しからんわ。」

「罰金のかわりに、明日から三日間、連続炊事当番というの、どうお?」

「当然だわ。」

「でも、急な残業だったら可哀そうね。」

「残業なもんですか。」

「どういうことよ。」

「今頃、家のことなんか忘れて、恋人といっしょに銀座でも歩いているに違いないわ。」

「まア、恋人？」

「だって、あたし、前に二美子姉さんが男の人といっしょに歩いているところを見たんだもの。」

「どんな人？」

「とにかく、美男子よ。」

「そんなに？」

「でも、ああいうタイプ、あたしの趣味に合わないわ。」

「どうして、今日まで、それをいわなかったのよ。」

「当分の間、黙っていてくれって、口止め料を貰ったから。」

「嫌な感じ。」

「帰って来たら、うんとっちめてやりましょうよ。」

「賛成。」

「異議なし。」

女が三人寄ればかしましいというが、四人もいるのである。これで二美子が戻って来たら五人ということになる。女ばかり五人。女臭ふんぷんたる家なのだ。

今日で会社を定年退職になった三沢平太郎は、娘たちの騒騒しい話声を聞きながら、

（せめて、一人ぐらい男の子が生れていてくれたらなア）

と、思わずにはいられなかった。

一代《かずよ》　二十六歳
二美子《ふみこ》　二十四歳
三也子《みやこ》　二十三歳
志奈子《しなこ》　二十一歳
五百子《いおこ》　十九歳

それぞれが勤めていて、それぞれがお年頃なのである。

（しかし、よくこそ今日まで育ってくれたよ）

奥さんが亡くなったのは、八年前であった。五人の娘をかかえて途方に暮れ、男泣きした思いは、昨日のことのように記憶になまなましい。が、当時、小学生であった末娘の五百子も、いっぱしのビジネス・ガールになっていて、八千五百円の月給を貰ってくるようになっているのである。もっとも、長女の一代が二十六歳になりながらいまだに結婚しないでいる

のも、母親代りにそういう妹たちの面倒を見てやらねばならぬとの責任感のせいであったろう。

しかし、それだけではなかったかもわからない。平太郎は、一年ほど前の夜、便所に立って、雨戸が開いていることに気がついた。

(泥棒?)

ギョッとなって、急いで庭を覗いた。月明りのする庭の片隅にこちらに背を向けて、誰かが立っていた。一代だとすぐにわかった。平太郎は、声をかけようとして、その声を飲み込んだ。泣いているのだ。うしろ姿にそのことがはっきりと現われていた。

泣くのなら自分の部屋で泣けばいいのだ。しかし、同じ部屋に三也子がいっしょに寝ているのである。別の部屋には、二美子と志奈子が。そして、平太郎は、二階で末娘の五百子と寝ているのであった。そのほかの部屋といえば、六畳の茶の間と二畳の玄関の間しかないのだ。だから、人知れず泣こうとすれば、このように庭に出て泣くのほかはないのである。

平太郎は、結局、声をかけなかった。そのことが一代への思いやりのような気がしたからであった。しかし、平太郎は、自分の寝床へ戻ってからも、さっきの一代のうしろ姿が目の底に残っていて、なかなか寝つかれなかった。

泣いていた理由はわからない。しかし、当然考えられることは、

(失恋?)

と、いうことであった。

一代のようないい娘を失恋させた相手に、平太郎は、憤りを感じていた。といって、平太郎は、その相手を知っているわけでなかった。いや、実際に、一代に恋人があるのかどうかさえも……。母親が生きていたら、ということも考えた。一代は、泣きながら苦しみのあまり母親を求めていたのではなかろうか。平太郎は、自分の無力が痛感されて、いっそう一代が哀れであった。

数日後、平太郎は、一代と二人っきりになったとき、

「先日……。」

一代は、けげんな顔をした。

「夜中に庭で……。」

一代は、あッという顔になった。いったんあからめた顔色をすぐに青くした。しばらく黙っていてから、

「すみません。」

「何をいうのだ。」

「でも、もう大丈夫ですわ。」

「もし、わしで役に立つことがあったらいって貰いたい。」

「いいえ、大丈夫よ、お父さん。」

一代は、笑ってみせた。どうやら苦しみの絶頂を通り過ぎたような笑顔になっていた。結局、一代は、何も喋らなかったのである。そして、一年が過ぎたが、結婚の話を持ってこようとはしない。

「お父さん、先に、はじめましょうか。」

一代がいった。

「いや。今夜は、せっかくの日なのだから、もうちょっと待ってやろう。」

平太郎は、答えた。

まだ帰ってこぬ二美子から、

「お父さん、あたし、ひょっとしたら結婚するかも……。」

と、ささやかれたのは、二カ月ほど前であった。

「いいだろう。」

「でも、お姉さんよりも先にでは悪いかしら？」

「しかし、五人もいるのだ。そんなことを考えていたら、せっかくの縁談を逃がすことになる。」

「そうねえ。」

「話がきまったら、わしから一代にいう。」

「お願いね。だけど、当分の間、内緒にしておいて。」

「何故?」

「何故でもよ。」

「どういう人だね。」

「サラリーマン。」

「勿論、わしには、その前に会わせてくれるだろうな。」

「あたし、きっと、気に入って貰えると思うわ。」

二美子は、自信ありげにいった。しかし、さっき、四女の志奈子は、その男のことを、とにかく美男子だが、自分の趣味に合わないといっていた。万人に気に入られる男なんて、めったにいるものではない。平太郎は、二美子は二美子の好きな男と結婚すればいいのだ、と思っていた。二美子を信用することである。平太郎は、一年後のことを思った。

五人の娘のうち、二人ぐらいは結婚して、この家から出て行っているだろう。中でも、二美子は、一番早そうだ。

二年後には、更に二人ぐらい。

三年後には、最後の一人が。

そうなると、平太郎は、ひとりぼっちになるのである。しかし、ひとりぼっちというのは困るのだ。そのとき、平太郎は、行きつけの神田小料理屋の女中玉子を思い出していた。

玉子は、三十歳のいわば女盛りである。その店での人気者であった。とにかく、肌がつやつやしていて、身体がいい。その玉子は、どういうものか、この半年ぐらい前から平太郎に対して、特別の好意を見せるようになっていた。となれば、平太郎だって、憎かろう筈がないのだ。しげしげと通うようになっていた。たった一度だったが、玉子は、廊下で人目のないのをたしかめてから、いきなり平太郎の唇をちゅうっと吸ってくれたのである。呆然としている平太郎に、

「あたしの気持ちよ。」

と、なまめかしい目つきでいった。

「有りがとう。」

「あら、有りがとうだなんて。だから、あたし、三沢さんが大好き。」

そして、昨日のことだ。平太郎の定年送別会があって、その流れで、二、三人といっしょにそこへ出かけた。平太郎の定年を哀れんでか、玉子のサービスには、いちだんと磨きがかかっていた。

平太郎は、定年になったことで感傷的になるのはよそうと思っていた。感傷的になっていたのでは、キリがないのである。寧ろ、これから自分の第二の人生がはじまろうとしているのだ、と思おうと努めていた。幸いにも、平太郎は、関係会社の嘱託として勤められるようになっていた。

平太郎は、これでも五人の娘たちのことを考えて、随分と自分というものを犠牲にして来

たつもりであった。再婚しなかったのもそのためであったし、品行上のバカな真似もつつしんで来た。しかし、もうそろそろよかろう、と思っていた。いい直すと、平太郎は、自由がほしくなったのだ。すでに五十五歳である。うかうかしていられない。それこそ、万事手遅れになる。それには、第二の人生を迎える今日こそ、いいチャンスなのだ。そのかわり、娘たちにも、ある程度の自由をあたえてやろう、と思っていた。

平太郎が自由をほしくなった原因の一つに、玉子の好意ということがあったかもわからない。それが平太郎に自信をあたえたのかもわからない。

その玉子が、昨夜、

「三沢さんは、いよいよ明日で定年なんですってねえ。」

と、しみじみいたわる口調でいったのである。

「そうだ。」

「淋しいでしょう?」

「まア……。でも、次の勤め口が見つかっているから。」

「よかったわア。あたし、これでも心配してあげてたのよ。」

「有りがとう。」

そのあと、玉子は、急に声を低くして、

「ねえ、明日、どこかでご飯を食べません?」

と、じいっと平太郎を見た。

五十五歳の平太郎がぞくっとするほどの色気である。不覚にも生ツバをごくんと飲んでしまった。

「二人っきりで？」

平太郎も声を低くした。

「勿論よ。でなかったら、つまんないもの。」

「そりゃアそうだ。しかし。」

「あら、お嫌なの？」

「嫌じゃアない。嫌じゃアないが、明日というのは家庭の事情で困るのだ。明後日なら。」

「明後日？　いいわ。あたしとしては、出来るだけ早い方がいいのよ。わかってね、この切ないあたしの気持ち。」

平太郎は、頷きながら、

（わしは、こんなに持てていいのだろうか）

と、夢心地でもあったのである。

玄関の戸が開いて、

「ただ今。」

と、二美子の声が聞えた。

志奈子と五百子が立ち上ると、

「こら、遅いぞ。」

「明日から三日間、お炊事当番だぞよ。」

と、いいながら玄関へ出て行った。

三

五人の娘が揃った。五人は、これから父親が何を話すつもりであろうかというやや緊張した表情でいる。平太郎は、その一人一人の顔をゆっくりと見て行きながら、

（どこへ出しても、一応、恥かしくない娘ばかりだ！）

と、思っていた。

性格は、それぞれ違うし、顔立ちにも、父親似母親似の相違があるけれども、ひがまず素直に育てたつもりであった。これだけは、自慢していいと思っていた。

「みんなも知っての通り、お父さんは、今日で会社を定年になった。」

すると、その言葉を待っていたように、一代が、

「お父さん、永い間、ご苦労さまでした。」

と、坐り直すようにして頭を下げた。

四人の妹たちも、

「ご苦労さまでした。」

「ご苦労さまでした。」

と、一代にならって、神妙にいった。

平太郎は、目頭を熱くした。壁にかけられた亡妻の写真が、そんな情景を見おろしている。

「そんなことは、まアいいよ。幸い、わしは、次の就職口があった。月給も三万円だから悪くないと思っている。」

「そうよ、上等だわ。」

志奈子がいった。

「ところで、わしは、退職慰労金として税引きで二百万円を貰って来た。更に、この家には百万円の預金がある。合計三百万円だ。これがそれだよ。」

そういうと平太郎は、さっきから横においていた鞄の中から一万円の札タバを三つ並べて、

「この一タバが百万円。」

五人の娘は、かん声を上げた。しかし、三百万円という大金もこうやって並べて見るとたいしたことはないのである。それにしても、平太郎がどうしてこんなことをするのかわからなかった。わからなかったが、二美子だけは、

（ああ、この中から五十万円をお父さんに借りて、長田さんに出して上げたら……）

と、目を光らしていた。

「問題は、この三百万円の処置なのだ。いちばん簡単なのはこれを銀行に預けておくか、貸付信託にしておくか、だ。」

「…………」

「わしは、それでもいい、と思っている。しかし、こういう考え方もあっていいのではないか。」

「…………」

「…………」

「この際、この三百万円をわしを加えた六人で平均にわけてしまうのだ。即ち、一人に五十万円ずつ。」

「賛成よ、お父さん。」

二美子は、目をかがやかしながらいった。さっきまでは、どちらかといえば沈んでいたのである。が、にわかにいきいきとして来たようであった。しかし、他の四人は、まだ、あっけにとられていた。

「まア、待ちなさい。わしがこういうことを考えたのは、この三百万円は、結局、みんなのお嫁入りのために費《つか》うことになるだろう、ということだ。が、それだとどうしても不公平になる恐れがある。たとえば、一代のために先に八十万円を費ってしまって、三也子のためには四十万円というように。」

「あたし、そんなの嫌よ。」

　三也子がいった。

「そうだわ。最後のあたしのときになって、十万円しか残っていなかったなんていうことになったら、あたし、きっと、泣くわ。」

　五百子がいった。

「あたし、そういうことなら絶対に五十万円の権利を要求するわ。」

　志奈子がいった。

　さっきから一代だけが発言しないわけだが、しかし、思いは同じのようであった。

「すると、みんなは賛成なのだな。」

「賛成よ。」

「大賛成だわ。」

「では、そうときまった。こうなったらみんなが自分でその五十万円を貯金しておくことだ。」

「貯金でなく、株を買ってもいいでしょう?」

　志奈子がいった。

「株?」

「だって、その方が絶対に有利だわ。」

「損をすることだってある。」

「大丈夫よ。あたし、今までにもちゃんと自分の貯金でやっているんですもの。」

志奈子が株をやっていたことは、今日まで、誰も知らなかったのである。

「損をしたら、結局、お嫁に行くとき、それだけ減っているのだ。その覚悟でなら何をしてもいい。」

「あたし、倍にふやしてみせるわ。」

「ほんと？」

五百子がいって、目をかがやかせながら、

「自信がありますの？」

「勿論。」

「だったら、あたしの五十万円もいっしょにして。」

「ダメ。」

志奈子は、あっさりと蹴った。

平太郎は、不安を感じた。しかし、いったんいい出した以上は、もう仕方がないのである。

五十万円は、各自の所有にきまったのだ。五人とも、すでに子供ではない。金の有りがたみは十二分にわかっている筈なのだ。まかせておくことだ。

「では、五十万円ずつ分けよう。一代、分けてくれないか。」

「はい。」

やがて、六人の前に一万円サツで五十万円ずつおかれた。正直にいって、平太郎をのぞく五人は、まだ夢心地のようだ。そういう顔になっていた。

「くれぐれもいっておくが、五人のお嫁入り仕度の金は、たった今、わしは、お前たちにわたしたのだ。したがって、金銭的な父親としての義務は、今日限りで解除して貰いたいのだ。ただし、精神的な相談になら喜んで応じる。」

五人ともちょっと不安そうにしたが、誰も敢て反対しなかった。

「ところで、今後の生活費だが、それは今まで通り、月給の三割ずつ出して貰いたい。わしは、一万円を出す。それだけあったら、何んとかやっていけるだろう。」

「やれますわ。」

一代がいった。

「では、最後にもう一つ。」

五人の目がいっせいに父親に注がれた。平太郎は、ためらっていたが、やがて、そのためらいを押し返すようにして、

「わしは、自由がほしくなったのだ。」

と、思い切っていった。

「自由?」

三也子がいった。他の四人には、その意味がよく飲み込めないようであった。

「そう、自由なのだ。」

「わかったわ、お父さん。」

また、三也子がいって、更に、

「あたし、大賛成だわ。」

と、つけ加えた。

四

六人が寝床に入ったのは、結局、十二時過ぎになった。今夜、この家には、三百万円の大金があるのだ。そして、その三百万円は、五十万円ずつに分けられて、それぞれの蒲団の下に隠してあった。

自由を宣言した父親のために、今までいっしょに寝ていた五百子は、玄関の二畳の間に寝ることになった。はじめは、一代と三也子の部屋へ割り込むことも考えられたのだが、五百子は、

「そんならあたし、玄関の間でいいわ。」

と、いい出したのである。

「淋しいわよ。」

一代がいうと、

「平気よ。これで、あたしだって、自由になれたんだわ。そしてね、いちばん有りがたいのはお父さんのイビキから解放されたことよ。」

と、五百子は、ペロッと舌を出した。

その五百子は、すでに寝ついてしまったようだ。

二美子は、寝返りを打って、

「志奈子さん、もう寝たの？」

「まだ……。」

「何か、考えているの？」

「五十万円をどう運用してやろうか、と思って。考えていると武者ぶるいがしてくるわ。」

「そう……。」

「二美子姉さんは？」

「あたし、やっぱり、定期預金にでもしておくわ。」

「バカバカしい、定期預金なんて。定期預金にするくらいだったらワリコウでもお買いなさい。」

「そうねえ。でも……。」

「どうなさったの？」

「どうもしないけど。」

しばらくたって、また、二美子は、

「志奈子さんに、好きな人があるの？」

「あるわ、三人ぐらい。」

「三人も？」

「ところが、どれも一長一短で、世の中ってままにならないもんよ。」

「では、かりに本当に好きな人が出来たりして、その人がお金に困っていたら、志奈子さんは、どうする？」

「お金に困るって？」

「たとえばよ。」

「いいわ。」

「その人のお兄さんに、どうしてもお金がいることがあって、という場合よ。」

「その人のお兄さんのことなんか、何んの関係もないじゃアありませんか。」

「だって、そのために結婚が出来なくなったら。」

「それこそ、もっとおかしいわ。」

二美子には、これ以上のことはいえなかった。かりにいったところで、志奈子の回答は、すでに出ているも同然である。二美子の心の中には、志奈子に同調するものと、反撥するものとの二つが渦を巻いていた。もうどうしていいか、わからなくなってくる。五十万円という大金は、持ってみれば惜しくなる。しかし、五十万円を今夜自分の物に出来たということは、神さまのお恵みであったような気もするのであった。二美子にとって、長田吉夫は、この世のたった一人の人なのである。何物にも換え難い人なのである。そして、五十万円を出してやったらば、二人は、間違いなしに結婚出来るのである。

二美子は、別れ際の接吻を思い出していた。全身の血が熱くなってくる。

（あたし、明日、この五十万円を持って行ってあげるわ）

そのときの長田の喜ぶ顔が見えてくるようであった。いつか志奈子は、健康な寝息を立てていた。二美子は、長田の面影を描きながら目を閉じた。

別の部屋で、三也子が、

「お姉さんは、五十万円をどうなさるおつもり？」

と、一代にいった。

「まだ、考えていないけど、三也子ちゃんは？」

「あたし、その中から旅行がしたいと思っているのよ。」

「まア、旅行？」

「北海道か九州へ。きっと、素敵だと思うわ。だって、今のうちにそういう旅行をしておかないと、結婚してしまったら一生出来ないかもわからないでしょう?」

「そうね。」

「ついでに、素晴らしい恋人が拾えるかもわからないし……。」

「恋人……。」

一代の声は、沈んでいた。が、すぐに話題を変えるように、

「さっき、お父さんがおっしゃった自由の意味、ね。」

「………」

「好きな人でも出来ているのかしら?」

「あたし、そう睨んだのよ。だから、真ッ先に賛成してあげたのよ。」

「どんな人か知ら?」

「お父さんのことだから、まさか、そんな変な人を好きになったりしないでしょう。」

「結婚したいのか知ら?」

「いいじゃァありませんか。」

「三也子さんは、それでいいの?」

「そのかわり、別に住んで貰いましょうよ。だったらあたし、いいと思うわ。それに。」

「それに?」

「お父さんにそういう人が出来ていたら、あたしたちは、いつでも安心してお嫁にゆけるで

しょう。」

「それはそうだけど。」

しかし、一代は、気が乗らぬようであった。二階からその父親のイビキの声が聞えて来ていた。

朝・昼・晩

一

翌朝、平太郎が起きたのは、十時を過ぎていた。実をいうと、三十年間の癖で、七時半にはいったん目を醒まし、あわてて起きかけたのだが、

(そうか、俺は、今日から会社へ行かなくてもいいのだった……)

かりに行ったところで、昨日まで腰を掛けていた椅子には別の男が掛けていて、もう自分の椅子がなくなっているのだ、と気がついて、てれたような、うら哀しいような苦笑を洩らしたのである。

しかし、幸いなことに平太郎には、月報酬三万円の嘱託の口が待っていてくれる。こういう有りがたい口にありつけたのも、最後の七年間、経理課長として融通が利かないと蔭口を

利かれるほど真面目に勤めて来たからであったろう。そして、その方の勤めは、一週間後からということになっていた。したがって、平太郎は、この一週間こそ、のうのうとして暮すことが出来るのである。三十年間にわたるサラリーマンの垢を洗い落すのに一週間では短か過ぎるかもわからない。しかし、平太郎は、一週間もあればたくさんだ、と思っていた。

階下から五人の娘たちの賑やかな声が聞えてくる。聞き慣れた声ばかりなのだが、けさは、いつもより活気に満ち、笑いがまじり、いかにも愉しげに感じられるのは、それぞれがにわかに五十万円の大金持ちになったからであろうか。

(あんなことをして、俺は、間違っていたのでは……)

昨夜以来、平太郎にそういう反省がないわけでなかった。あれは、考えに考えた上でのことであった。しかし、かりに間違っていたとしても、今更どうにも出来ないのである。考え直したからといって、もし五十万円を取り上げようとでもしたら、それこそ五人の娘たちからどんなごうごうたる批難を浴びせられるかもわからないのだ。いってみれば、矢は弦をはなれてしまったようなものである。

(この上は、父親として、娘たちが五十万円ずつを持ったことによって、いっそうの幸せを摑むように祈ってやるだけだ)

そして、平太郎にも自由に遣っていい五十万円があるのだった。勿論、老後のことを考えれば、バカなことに遣ってはならない。しかし、せっかく娘たちから自由を認められたのである。平太郎は、五十万円のうちの二十分の一、場合によっては十分の一ぐらいを、神田の小料理屋、「風月」の女中玉子のために遣ってもいい、と思っていた。

その玉子と今夜、神田で会うことになっていた。ご飯を食べる約束なのである。そのため玉子は、わざわざお店を休んでくれるのだ。あだやおろそかに思ってはならぬ好意というべきであろう。

平太郎は、昨夜のうちに、明朝は思い切って朝寝がしたいから起こさないで貰いたい、といっておいた。だから、誰も起こしにこない。平太郎は、もう一寝入りしよう、と思った。出来ることなら玉子の女盛りの豊満な肉体に関する夢を見たいものであった。

そして、二度目に目を醒ましたのは、十時過ぎであったのである。階下は、ひっそりと静まり返っている。雨戸の隙間から射し込んでいる明るい光は、今日の快晴を想わせた。

「しかし、今頃になって、妙な夢を見たもんだなア。」

平太郎は、蒲団の上に腹ばいになって、煙草に火を点けた。

平太郎は、玉子の肉体に関する夢でなしに、サラリーマン時代の夢を見たのである。それも三十年前の新入社員の頃の夢であった。そろばんを間違えて、課長からさんざん油をしぼられた。口惜しさと恥かしさに汗をかいていた。その課長の憎らしい顔は、醒めたあとの瞼の裏にありありと残っていた。

（あの課長は、十数年前に亡くなった筈なのだ）

ここ数年、平太郎は、その課長のことなんか忘れて暮していたのである。ましてや三十年前に叱られたことなどは、なのである。

平太郎にとって、玉子の夢を見られなかったことは残念だが、しかし、その方は、今夜、夢でなく、現実のことになる可能性がある筈だった。

（一応、サラリーマンを辞めた日の夢に、サラリーマンになりたての頃の夢を見るというのは、よくよくサラリーマン根性が身についている証拠なのであろう）

そのように考えれば、割り切れてくるのである。さしたる不満もなかった。

平太郎は、起き上って、雨戸を開いた。やっぱり、まぶしいくらいに感じられる早春の快晴であった。

階下へ降りて行くと、茶の間に平太郎の朝食の用意がしてあって、味噌汁もガスに火を点けて温かくしたらいいようになっていた。ただし、台所のあと片づけはしてなかった。そんなことをしていたら、出勤に遅れるからである。そんな時間の余裕があったらお化粧の方にまわしたい娘たちなのだ。台所のあと片づけは、五人のうちの炊事当番になっている二人が早く帰ってすることになっているのだから別に問題はない。

家の中は、しいんとしている。それを見まわすようにして、平太郎は、

（娘たちは、あの五十万円をどこにしまって行ったろうか）

と、気になった。

しかし、平太郎は、すぐに思い直した。そんな大金を家の中にしまっておくような経済観念の薄い娘は、一人もいない筈なのである。それぞれ、勤務先に近い銀行へ預けるか、あるいは、昨夜、志奈子がいっていたように株式投資にまわしているか、であろう。

平太郎は、一人で朝ご飯をすましてから、これから夕刻までの時間を持て余していた。もし、次の勤め口がなかったら死ぬまでこうなのである。やり切れたものではない。

(そうだ。銀行へ行って、取りあえず、四十五万円だけを預けておこう)

残りの五万円の一部は、今夜の軍資金にあてるつもりだった。

「ごめん下さい。」

庭の方から女の声が聞えた。平太郎が立って行くと、隣家の吉井の細君であった。世話好きとの噂がある。玄関から入ってくるのが面倒臭いので、庭にまわったのであろう。その方が平太郎にとってもたすかるのだ。

「いらっしゃい。」

「いいお天気ですこと。」

吉井の細君は、目を細くして空を見上げてから、

「皆さん、もうお出かけ?」

「出かけました。ご挨拶するのを忘れていましたが、私は、昨日で会社を定年になりました。」

「そうですってね。うちの主人なんかも、早く定年になって気楽がしたいといって羨ましがっておりますのよ。」

「ところが、実に嫌なもんです。それに遊んでいられる身分でもありませんし、そのうちにまた勤めに出ます。」

平太郎は、吉井の細君に何か話したいことがあるらしいと察しられたので、奥から座蒲団を持って来て、

「どうぞ、奥さん。」

と、すすめて、自分も縁側にアグラをかいた。

「では、失礼いたします。」

吉井の細君は、座蒲団の上に腰を下しておいて、

「お宅のお嬢さんは、みんなお綺麗でして。」

「とんでもない。いつでも騒ぎ立てているので、さぞお宅ではやかましかろうと恐縮しているんですよ。」

「いいえ、賑やかでよろしゅうございますよ。ところで、縁談なんですけどねえ。」

「はア。」

平太郎は、ちょっと緊張した。過去、何人かの人からそういう話が持ち込まれているのだが、どういうものか、帯に短し襷に長しばかりで、いぜんとして五人が家にいるのであった。

そして、そのことが平太郎にとって、最大の頭痛のタネであったろう。しかし、娘たちは、そのことを別に気にしているようでなかった。ただし、平太郎は、一代については、あんな姿を見ているし、何も彼も忘れるためにも、早く結婚した方がいいのではないか、と思っていた。それに、二十六歳なのである。このままだと、妹の二美子の方が先に嫁《とつ》いで行ってしまうかもわからない。

二

丸の内のKビル。昼食時の屋上にも、早春の陽光がさんさんとして降り注いでいた。まさに春が来たのだ、と想わせられる。冬のうちは、この屋上で人影を見ることはすくなかった。が、今日は、溢れるように人がいて、バドミントンをしたり、日向ぼっこをしたりしているのだった。勿論、若い男女社員が大部分だから、青春の縮図のような観がないでもない。

本間哲夫　二十八歳。

尾崎良彦　二十九歳。

この二人が、屋上の隅の方で、三沢志奈子の現われるのを待っているのであった。二人とも、志奈子と同じK物産株式会社の社員である。その志奈子から、十一時頃に、

「お昼ご飯をすましたら屋上の東側に来ていて頂戴。」

と、電話でいわれていたのである。

「どんな用事？」

「いい話よ。」

そこまでいって、志奈子は、電話を切ってしまった。

どんないい話かと昼食もそこそこにして、最初に現われたのは、本間哲夫であった。志奈子は、まだ来ていなかった。そこへ姿を現わしたのが尾崎良彦であった。

「おい、三沢君を見なかったか。」

尾崎がいった。

「何んだ、君も招集されたのか。」

本間は、残念そうにいった。

「何んだ、僕だけではなかったのか。」

尾崎は、苦笑しながらいった。

話し合ってみると、二人とも、同じ電話を受けていたのである。

「この分だと、久保も招集されているに違いないよ。」

尾崎がいった。何故なら、尾崎、本間、そして、久保隆太（二十八歳）の三人は、あたかも志奈子をめぐる三人の男のような恰好になっていたからである。しかし、この三人は、それぞれ志奈子を狙っているのだが、だからといって、仲が悪いのではなかった。あくまで、フェア・プレイでいこうというのが、三人の申し合わせであった。そして、目下の処、その申し合わせが、だいたい実行されているのは、志奈子がこの三人とは、えこひいきなしに交際しているからであろう。それだけ、志奈子という娘は、たった二十一歳でありながら、男性操縦術にたけているのだといえるかもわからない。しかし、本人を見ていると、そういういやらしさは、すこしも感じられないのである。

やがて、久保隆太が姿を現わした。そこらをキョロキョロと見まわしている。やっぱりであったのだ。こちらの二人は、顔を見合わせて、ニヤリと笑っておいてから、

「おい久保君。」

と、尾崎が呼んだ。

久保は、二人の顔を見てからしまったという表情になって、

「そうだったのか。僕だけではなかったのか。」

と、尾崎と同じことをいった。

「彼女、君にもいい話といったかい？」

「そうなんだ。だから、僕は、これでも胸をワクワクさせて来たんだよ。」

「おめでたい奴だな。」

「すると、君は、違うというのか。」

「そうでもないさ。」

「それみろ。」

「しかし、いい話って、いったいどういうことなんだろう？」

「悪い話でない、ということさ。」

「殴るぞ。」

「かんにんどっせ。」

「ひょっとしたら、ここで三人にクジを引かせて、白昼堂堂とたった一人の男性を選ぶというのかもわからないぞ。」

「まさか。」

「しかし、彼女は、なかなかちゃっかりしているから、それくらいの芸当はやりかねないよ。」

「でも、僕は、そこが彼女のいいところだと思うんだよ。」

「どうして？」

「ああいう男まさりに振舞って喜んでいる女って、いったん結婚してしまったら、きっといい世話女房になると思うんだよ。」

久保隆太がいった。尾崎と本間は、そうだそうだというように頷いた。

そこへ志奈子は、まるで女王様のように悠然と現われて、

「あら、揃ったわね。」

と、お待たせしましたともいわないでいった。

「はい、揃いましたよ。」

「いい話って、何？」

「早く聞かせてほしいな。」

三人は、口口にいった。

「あたし、今日から五十万円の大金持ちになったのよ。」

「五十万円！」

「凄いでしょう？」

「凄いとも。」

しかし、三人共、志奈子が一躍五十万円の長者になったことについて、信じかねているようだ。

「あら、疑ってんのね。何んだったら、あとで証拠を見せてあげてもいいわよ。」

志奈子は、憤然としていってから、昨夜のことを簡単に話した。

「ふーん、君のお父さんって、なかなか合理的なんだなア。」

久保が感心したようにいった。

「そうよ、あたしの父ですものね。でね、相談というのは、この五十万円の今後の運用方法について、あんたたちのお智恵を拝借したいのよ。」

「それがいい話なのかい？」

「あたしにとってはよ。」

「よくわかりました。」

「この五十万円をそのまま定期預金にしておくなんて、バカげているでしょう?」

「そりゃア、バカげている。」

「やっぱり、証券投資の方が面白いし、有利でしょう?」

「そう。」

「でね。この五十万円を三等分して、あんたがた一人一人が、およそ十七万円について、頭をしぼってほしいんだわ。」

「すると、僕たちに十七万円ずつ預けてくれるのかい?」

「阿呆らしい。お金とか証券は、あくまであたしが持っているのよ。ただ、最善と思われる案を考えて貰いたいんだわ。そのかわり、あたし、その通り、実行するわ。面白いでしょう。」

「別に、面白くもないな。」

「あら、どうしてよ。」

「だって、それによって、こっちの経済知識と今後の経済界の見通しについての読みの深さが比較検討されるようなもんじゃアないか。」

「そこが、あたしの狙いなのよ。」

「これは、おどろきました。」

「嫌ならいいのよ。あたし、もう頼まないわ。そのかわり、そんな不人情で、智恵の出し惜しみをする人たちとは、今後、絶交しますからね。」

「待ってくれ。まだ、嫌だとはいってないじゃアないか。」

「いったい、どっちなのよ。あたし、はっきりしない人、大嫌いよ。」

「よし、やろう。」

尾崎がいった。

「本間さんは？」

「こうなったら、後へ引かれぬ。ただし、いつまでに考えてくれればいいんだい？」

「早い方がいいわ。三日以内。」

「承知した。」

「久保さんは？」

「条件がある。」

「どういうことよ。」

「いちばん有利だった回答を出した者にはどうしてくれる？」

「どうするって？」

「タダではおことわりだ、ということだ。」

「お金？」

「でない方がいい。君たちの意見は、どうだね。」

「賛成。」

「当然のことだよ。」

三人は、三方から志奈子に詰め寄るようにいった。そこには、青年の気魄のようなものが感じられて、流石の志奈子もたじたじとなっていた。が、志奈子は、すぐそんな自分に反撥するように、

「接吻なら……。」

と、いったのだが、顔をあからめていた。

早春の陽光を浴びた志奈子は、あくまで健康的であり、病的な翳は一つもなかった。殊に、その唇が魅力的であった。

志奈子の大胆な発言に、三人は、顔を見合わせた。中で、久保は、ニヤリと会心の笑みを洩らした。

「上等でしょう？」

志奈子がいうと、三人は、口を揃えて、

「上等だよ。」

「上等だよ。」

「上等だよ。」

三

「はい。」

二美子は、テーブルの上に封筒を置いていった。ニコニコと笑っているのである。

しかし、長田吉夫は、すぐその封筒を手に取ろうとはしなかった。その癖ともいうべき深刻な表情のままで、

「そんなこと、悪いよ。」

「あら、いいのよ。」

二美子は、早く長田に封筒の中身を見て貰いたくて、むずむずしているのであった。長田は、五万円だと思い込んでいるのだ。しかし、五十万円が入っているのである。それを知ったときに、長田は、どんなに狂喜するだろうか。もし、ここが銀座の喫茶店でなかったら、いきなり、昨夜のような熱烈な接吻をしてくれるに違いない。その点、二美子は、残念だった。しかし、まだ六時を過ぎたばかりである。このあと、いっしょに食事をして、散歩をするのだから、いくらでもそういうチャンスがあるに違いない。そういう空想に二美子は、もう胸を踊らし、五十万円がそれほど惜しくなくなっていた。すでにして、二美子は、長田の妻になったような心境になっていた、といっていいかもわからない。しかし、当然でもあっ

たろう。何故なら、五十万円を出してやることによって、二人は、間違いなしに結婚出来る筈なのだから。

（お金を活かして遣うというのは、こういうことをいうのだわ）

本来なら、昨夜の遅刻の罰として、今夜、二美子は、炊事当番をしなければならないのであった。が、その方は、五百子にかわって貰った。したがって、今夜の炊事当番は、志奈子と五百子がしている筈である。

二美子は、S電気工業に勤めていた。会社は、東銀座にあった。そして、長田は、そこの取引き先の社員なのである。二人が恋愛関係に入ってから一年近くになっていた。

「僕はね、君の気持ち、本当に有りがたいと思っているんだよ。」

「だって、そんなこと、当り前でしょう？」

二美子は、得意気にいって、

「かりに、二人の立場が逆であったとして、そういう場合、長田さんは、あたしを放っときなさる？」

「そんなことあるもんか。絶対に、そんなことないよ。」

「あたし、嬉しいわ。安心だわ。だったら、この際、あたしの気持ちを快く受け入れてね。」

「正直にいうと、五十万円なんだよ。」

「わかってるわ。」

「そこへ五万円では、焼石に水みたいなもんなのだ。不渡手形を出さなければならないことには変りがないんだよ。」

「ですから、とにかく、その封筒の中身を調べてみて。」

「中身？」

「そして、びっくりなさらないでね。」

二美子は、笑いをこらえながらいった。そんな二美子を、長田は、いぶかるように見ていたが、やがてその視線を、テーブルの上の封筒に移した。

「早く。」

長田は、その封筒を手に取った。中を覗いて、あッという顔をした。周囲の目を忘れたように札数の勘定をはじめた。平常、そういう仕事をしているのか、まことにあざやかである。が、多少ふるえているようでもあった。数え終ると、長田は、

「五十万円！」

と、信じられぬようにいった。

「そうよ、五十万円。」

「いったい、どうしたのだ。」

「理由は、あとでいうから早くしまって。だって、人が見ているわよ。」

「いいのかい？」

「いいにきまってるわ。」

「本当に？」

「すまん。たすかった。」

長田は、大急ぎで、その封筒を洋服の内ポケットにしまい込んだ。

二美子は、だいたい満足であった。長田が予想していたように喜んでくれたからである。しかし、もっともっと喜んでくれてもいいような気もしていた。たとえば、いきなりテーブル越しに二美子の手をぐっと握るというように。

「僕は、ちょっと兄貴に電話してくる。」

「どうぞ。」

「一刻も早く兄貴を安心させ、喜ばせてやりたいんだ。」

そういうと、長田は、五十万円のいわれも聞かないで、電話のあるカウンターの方へ立って行った。二美子は、それを眺めながら至極満ち足りた気持ちになっていた。ただし、このことは、父親に内緒なのだ、ということで、ちょっとだけ自分にこだわっていた。そのうちには、いうつもりでいる。が、当分の間、黙っていよう。それに、長田の兄の会社が、不渡手形からまぬがれて、業績さえ立ち直ったら、当然、返して貰えるに違いないのである。そのときには、うんと利息をつけて……。

（ひょっとしたら五人の中で、あたしがいちばん有利に金を動かしたことになるかもわからないわ）

二美子は、そういう空想で、舌をペロリと出したいくらい愉しくなっていた。

「やア。」

二美子がおどろいて顔を上げると、同じ会社の石辺太郎であった。二十九歳で、独身なのである。二美子は、かつてこの石辺から好かれているような気がしたことがあった。そして、今でも、石辺は、同じ思いでいてくれるようだ。勿論、二美子にとって、悪い気であろう筈がない。しかし、二美子の気持ちが百パーセント長田に傾いている以上、悪いけど問題にならないのである。二美子の眼中にない男、といってもよかった。

「あら。」

二美子は、一応の笑顔を見せた。

「ひとり？」

石辺は、今にも二美子の前の席に腰を下ろしそうな素振りをしめした。長田のコーヒー茶碗は、すでに片づけられていたし、そういう思い違いも無理からぬことであったろう。

「いいえ。」

二美子は、頭を横に振りながら視線を電話を掛けている長田の方へ走らせた。長田は、すでにこっちの気配に気がついていて、目を光らせていた。

「そうか。どうも、失敬。」

苦笑しながら石辺は、二美子の前をはなれて行った。そして、向こうの隅の方の席に着いた。

長田は、戻って来て、立ったままで、

「今の男、だれ？」

と、すぐに聞いた。

「同じ会社の人よ。」

「そうか。」

長田は、石辺の方を見た。石辺は、軽く会釈したが、長田は、それを無視するようにして、

「ここを出よう。」

「はい。」

二美子は、すぐ立ち上ったが、

（この人、ヤキモチを焼いているんだわ）

と、おかしいくらいだった。

五十万円のことを電話で知らされた兄の言葉も伝えないで、先ずヤキモチを先にするのは、よくよく愛してくれている証拠であろうと、二美子は、嬉しいくらいだった。そういう男の性質は、将来困るのではなかろうかとは考えたくなかった。

二人は、銀座の裏通りを歩いていた。

「兄貴、とっても喜んでいたよ。」

「よかったわね。」

「くれぐれも君によろしくといっていたよ。」

「あたしのこと、お兄さんには、もういってあったんでしょう?」

「だいたいね。」

「あら、だいたい?」

「今夜、帰ったら詳しく話しておくよ。」

「お願いね。」

「とにかく、兄貴にとって、君は、救世主のようなもんなんだ。そして、僕にとっても。」

「そう思っていてね。」

「こうなったら、僕は、絶対に君をはなさないよ。誰が来て、君を奪おうとしても、僕は、はなさないよ。」

長田は、昂然としていったのだが、それから二時間ほどして、二人は、暗くひっそりとしたところを歩きながら、思い出したように、同じ言葉を繰り返した。

その二時間のうちに二人は、銀座で食事をし、今夜は、特別だからと酒を飲んだ。長田は、五十万円のいわれを聞いて、あらためて二美子に感謝の意を表し、しかも、父親には内緒のことであると知って、至極満足げであったのである。

「あたしたち、結婚出来るようになったら、今夜のこと、いい思い出になるわね。」

「そうだとも。だけど……。」

「なに？」

「そうなると、僕は、一生君に頭が上らないなア。」

「嫌な人。そんなことまで、心配してらしったの？」

「大丈夫だろうね。」

「大丈夫にきまってるわ。」

「安心したよ。」

「あたし、きっと、いい奥さんになってみせるわ。」

「頼んだよ。」

「これで、あたしたち、間違いなしに結婚出来るわね。」

「かりに万に一つ、僕が嫌だといっても、こんどは、兄貴がそんなことを許さない、と思うんだよ。」

「そうね。」

「僕は、兄貴には大恩があるんだし、それに恐いんだよ。」

「一度、お兄さんに会わせて。」

「いいとも。」

「いつ頃、結婚出来るかしら？」

「さア……。」

「あたし、半年でも一年でも待っているわ。でも、なるべくなら一日でも早い方がいいんだわ。」

「僕だって。」

そのあと、今夜は、長田は、自分の方から求めて、二美子の唇を貪り吸ったのであった。二美子は、しびれるような陶酔を味わっていた。このまま、死んでもいいと思われるほど幸福であった。

（これも五十万円があったからなんだわ）

もし、父親があんな気になってくれなかったら、今頃、どうなっていただろうか。二美子は、身ぶるいを感じたくなっていた。

何度目かの接吻のあとで、長田は、また誰が来て、君を奪おうとしてもうんぬんといったのである。こういう言葉は、何度聞かされても嬉しいものである。それに、長田は、明らかにさっきの石辺太郎を意識していっているに違いなかった。二美子にとっては、見当違いも甚しいのである。

「だから……。」

長田がいった。

「だから？」

二美子は、長田の顔を見上げた。その目つきは、ただごとでなかった。二美子は、長田が何を求めているか、本能的に悟った。そして、本能的に脅えた。

「いいだろう？」

広い車道の向こうにホテルがあった。

「どうせ二人は、結婚するにきまっているんだし。」

「………」

「僕は、君のすべてが欲しくなったんだ。そして、安心していたいんだよ。」

「………」

「誰にも内緒で、二人っきりの秘密にしておけばいいんだ。」

「………」

「わかってくれよ、僕の切ないこの気持ち。」

「………」

二美子の頭の中には、大きな混乱が巻き起っていた。カッカッと全身の血が燃え上っていた。

（いけないことなんだわ）

（でも、こんなにいわれるんだし……。もし、ことわったら、かえって、嫌われるかも……）

長田は、二美子の肩を抱いていた。その耳許をなめるように唇を寄せて、

「たのむよ。」

と、ささやいた。

二美子は、最早、抵抗出来なくなっていた。頷いてもいいという気になりかけていた。それよりも、二美子の返辞なんか問題にしないで、長田が強引にそのホテルへ連れ込んでくれた方が、いっそ気楽なのである。二美子は、ホテルの方を盗み見た。

ホテルは、ちょっとした高台の上にあった。道から入口までは、曲りくねった坂道になっていた。ちょうど、その坂道を二人連れが降りて来た。

二美子は、あっといった。女の方が、姉の一代に似ていたのである。長田は、二美子のおどろきの声に、肩から手をはなした。それから二美子の視線を追った。

「知っている人なの？」

長田は、ギクッとしたようにいった。

二美子は、答えなかった。しかし、まぎれもなく一代であった。いっしょにいるのは、三十五、六歳の男のようだ。

（何んというお姉さんなんだろう！）

姉とその男は、折から来かかったタクシーに乗って、どこかへ去って行ってしまった。

「だれなの？」

「姉でしたの。」

「お姉さん？」

「あたし、もう嫌になったわ。今夜は、このまま帰りましょう。」

二美子は、歩きはじめた。そのうしろ姿に長田は、軽く舌打ちをしたが、これまた、無理をいう気持ちを失っていた。

四

平太郎は、風呂に入っていた。自分では、それほどまでの気がなくてここへ来たのだが、おかみが、

「玉子さんは、おめかしのためにちょっと遅れるそうですから、その間に、どうぞ。さア、どうぞどうぞ。」

と、強引に風呂場へ案内してしまったのである。

割烹旅館「夢路」であった。

ここで食事をといったのは、玉子だったのである。勿論、平太郎にとって、はじめてくる店であった。平太郎は、ここへ一歩足を踏み入れただけで、その雰囲気からして、

(玉子は、今夜のうちに、何も彼《か》も許す気なんだな)

と、察してしまった。

おかみの態度にそれが現われていた。玉子から心の中を打ち明けられているのに違いない。もとより、今夜の平太郎は、その覚悟で来ている。嫌も応もないところだった。

平太郎は、浴槽につかりながら、

(いくら惚れられているからといって、タダというわけにはいくまいな)

と、考えていた。

(三千円?)

(五千円?)

かりにいらないといったところで、平太郎は、強引に握らせるつもりでいた。とにかく、今夜は、財布の中に三万円を入れて来ているのである。定年記念の浮気なのである。あんまり、ケチな真似はしたくなかった。

(それにしても、けさは、おどろいたなア)

平太郎は、思い出して、苦笑していた。

吉井の細君の持って来た縁談は、二つであったのである。一つは、一代のための話、もう一つは、事もあろうに、平太郎に、であったのだ。

「奥さん、ご冗談を。」

「いいえ、冗談ではありません。あたし、本気なんですよ。」

「しかし、私には、そんな気はすこしもありません。」

「でも、考えてご覧遊ばせ。遅かれ早かれ、お嬢さんたちは、この家を出て、お嫁に行ってしまいますよ。そうなったら、あとに、お一人ですよ。」

平太郎のいちばん痛いところだった。しかし、平太郎は、五人もいるのだから、うちの一人ぐらいは、自分の面倒を見てくれるのではないか、と思って来たのである。

「淋しくなりますよ。」

「…………」

「第一、お困りになりますよ。ですから、どうしても、お世話の出来る人を今のうちに。」

「…………」

「それに、これから五人のお嬢さんたちを片づけるにしても、女親というものが必要ですからね。」

吉井の細君は、次次に平太郎の痛いところを衝いてくる。

「とってもいいお方なんですよ。三十五歳の未亡人で……。」

「…………」

「もっとも、中学生になる男のお子さんが一人ありますけど。」

「私は、子供を五人も育てました。もう子供は、いりませんよ。」

「でも、お嬢さんばかりでしょう？　やはり、男の子というものも……。その男の子のために父親代りになっておやりになり、そして、やがては、その男の子に面倒を見て貰うということになさったら、お嬢さんがたも安心して、お嫁にいけるんじゃアございません？」

「とにかく、奥さん。せっかくですが、私には、その気がございませんから。」

「でも、お見合いぐらいは、なさってごらんになったら？」

「まア、カンベンして下さい。そのかわり、一代の方の話は、本人が帰って来たら、一応、話してみますから。」

「ぜひ、ね。そして、あなたの話も、もう一度、お考え下さいましね。あたしは、本当にいいお話だと思っているんでございますよ。」

あの調子だと、吉井の細君は、今後も攻撃の手をゆるめないかもわからない。困ったことだ。目下の平太郎は、惚れてくれている玉子だけで十分なのであった。かりに、再婚でもしたら、玉子との今後の浮気も不自由極まることになりかねない。

(せっかく、娘たちから自由を許されたのに！)

ただし、一代の縁談の方は、有りがたかった。相手は、ちゃんとした会社の勤め人なのである。三十二歳という年齢は、ちょっと気になるが、しかし、一代だって二十六歳なのである。平太郎は、二度と、深夜の庭で泣いていたような一代の姿を見たくなかった。過去のことは、綺麗さっぱりと忘れて、新生活に踏み出してほしいのであった。それによって、肩の荷の五分の一だけがおりることになる。湯殿の戸がガラリと開かれた。

「三沢さん。」

玉子の声であった。

「ああ。」

「あたしも入っていい？」

「冗談じゃないよ。」

「あら、いいじゃァないの。あたし、お背中を流して上げるわよ。」

玉子は、浮き浮きしていて、もう帯を解きはじめたようであった。

自由の果て

一

「おい、よせよ。」

風呂場の中から平太郎の照れたような声が聞えていた。

「ふッふッふふふ。」

これは玉子の嬉しそうな忍び笑いの声であった。

「まア、おとなしく、じいっとしていらっしゃい。」

「こ、困るよ。」

「しかし……。」

「三沢さんて、ほんとうにうぶなのね。だから、あたし、大好きなんだわ。罪つくりよ。」

「……」

「三沢さんは、あたしが好き？」

「もちろん。」

「どれくらい？」

「どれくらいって……。」

「じゃアあとで、証拠を見せてくださる？」

「証拠って？」

「嫌な人。そんなこと、女の口からいわせるもんではなくってよ。」

「よーし。」

「ついでに、俺も男だ、といって。」

「俺も男だ。」

「可愛い人。」

「君だって、可愛い女だ。」

「あーら、おどろいた。三沢さんに、そんな殺し文句が、打てば響くようにすぐいえるとは、あたし、思っていなかったわ。」

「すこしは、見直したかね。」

「すこしどころか、たくさんよ。あたし、幸せだわ。」

「僕だって。」

「キッスをして。」

「こんな風呂場の中でかい?」

「その方がいいのよ。ねえ、早くう。」

「…………」

「…………」

風呂から上ると、お座敷にはすでに食事の用意が出来ていた。平太郎は、浴衣になっていた。風呂上りなので、それでも寒くはなかった。それにこれからのことを考えれば、その方が便利なのである。すでに平太郎の覚悟は、出来ていた。さっき、玉子にやるべき金を、三千円か五千円かと迷っていたが、今では五千円ときめていた。いや、場合によっては、一万円を出してもいいとすら思いかけていた。風呂場で見せつけられた玉子の身体は、予想以上によかったのである。脂がのり切っていただけでなしに、すべすべしていて、色白だった。胸の隆起は、見事といっていいくらいだった。そのくせ、胴のあたりは、ぐっと細くなっていて……。

玉子がビールを持って入って来た。これまた浴衣に着換えていた。お化粧をすましていた。口紅の色だけが濡れたようにあざやかであった。

「お待たせしました。」

「なに、いいんだよ。」

玉子は、ビールを餉台《ちゃぶだい》の上におくと、

「隣の部屋、だれかくるのかしら？」

と、境目の襖を開いて見て、

「あら。」

と、あかくなった。

ちゃんと蒲団が敷いてあり、枕許に電気スタンド、水瓶、灰皿の用意までしてあった。平太郎は、胸をどきどきっとさせた。こんなにまで手まわしがいいとは思っていなかったのである。

「いやアねえ。」

そういって玉子は、なまめかしい目つきで平太郎を見た。

「まア、いいじゃアないか。」

「それもそうねえ。」

玉子は、あっさりと妥協して、襖をしめた。しかし、二寸ほどの隙間をつくったのは、無意識のことだったかもわからないが、平太郎にとって目ざわりになった。つい、そっちの方へ視線が走りそうになるのである。そんなのは、男としてみっともないだけだ。ぞっこん惚れられている男なら、もっと泰然自若としているべきなのだ、と自分にいい聞かせていた。

「どうぞ。」

玉子は、ビール瓶を差し向けた。湯上りの体臭に、香水のにおいがまじって、むんむんするように平太郎におそいかかってくる。

「ああ。」

平太郎は、玉子の酌を受けてから、

「君も飲むだろう?」

「飲んでいい?」

「いいとも。」

「たくさんよ。」

「ああ、いいとも。」

「酔っぱらったら、介抱してくださる?」

「まかせておいて貰おう。」

「うれしいわ。そのかわり、もし、みーさんがお酔いになったら、あたし、うんと介抱して上げるわ。」

「期待している。」

「間違いないわね。」

「俺も男だ。」

平太郎は、胸を張った。そんな平太郎を玉子は、とろけそうな目で見て、

「では、指きりして。」

と、平太郎の横へいざり寄って来た。

二人は、固い指きりをした。終ると、玉子は、平太郎に指きりをされた自分の指をちゅっと吸って、

「大事な指、記念の指、思い出の指……。」

と、平太郎を流し見た。

そのとき、どうしたわけか平太郎の頭の中に、五人の娘のことが浮んで来た。勿論、今夜は、晩ごはんはいらないといってある。今頃は、賑やかに食事をしていることであろう。話題の中心は、昨夜わたしした五十万円についてであるに違いない。

(俺は、こんな場所で、こんなことをしていていいのだろうか)

そういう反省が忍び寄ってくる。いまいましいくらいだった。すくなくとも五人の娘たちは、父親について、こういう場面を想像していないことはたしかだ。それからまた平太郎は、

月明りの庭で泣いていた一代の姿を思い出した。その一代に、今日見合いの話があったのであった。そして、平太郎自身にも。何かこんなところで、うろうろしていられないような気がしてくる。

(ああ、俺は、こんなことだから、過去、浮気らしい浮気が出来なかったんだ)

(俺だって、今日から自由の筈なんだぞ。娘たちからそれを認められたのだ)

(自由、自由、自由……)

平太郎は、心の中で、そのように自分を叱咤激励していた。

「ねえ、どうなさったの？」

気がつくと、玉子は、心配そうに平太郎の顔を覗き込んでいた。たちまち、平太郎の頭の中から五人の娘たちの顔が消え失せた。平太郎自身の百の叱咤激励よりも、玉子の顔の方が余ッ程効果があったことになる。

「何んでもない。」

「だって、急に浮かぬ顔をなさって……。あたし、心配だったのよ。」

「えッ、何を？」

「あたしがあんまり好きになったから、却って、嫌われたんじゃアないかと。」

「そんなことあるもんか。」

「間違いない？」

「そうだよ。」

「では、もっと好きになってもいい？」

「いいとも。」

「無茶苦茶に好きになりそうなの。かまわない？」

「かまわないさ。」

「うれしいわ。」

玉子は、平太郎の肩にしがみつくと、

「おビール、口うつしで飲ませて。」

と、顔を寄せて来た。

うっとりと目を閉じて、口だけはすこし開いている。明るい電灯の下で、こんなにも近近と見れば、その顔の小皺は、どうしても目につく。しかし、平太郎だって、五十五歳なのである。平太郎は、ビールを口にふくむと、玉子の顔を抱き寄せて、いわれた通り口うつしをしてやった。玉子は、咽喉をゴクンゴクンといわせながら飲んでいる。

「おいしかったわ。とっても、おいしかったわア。」

玉子は、夢を見ているような口調でいうと、下から平太郎を見上げて、

「今夜、ここへ泊まってくださらない？」

「泊まる？」

「いいでしょう？　ここのおかみさんだって、その気で、ちゃんと用意していてくれるのよ。」

「泊まるのか。」

「いけない？」

「泊まるのだけは……。娘たちが心配するんだ。そのかわり、この次には、どこかへ一泊旅行に行こうじゃアないか。」

「あら、ほんと？」

玉子の顔がいきいきとして来た。

平太郎は、この玉子のために、今夜、財布の中に入れて来た三万円を全部費ってもいい、という気持ちになっていた。更に、平太郎は、五十万円のうち二割ぐらいは、この玉子のために費うことになるだろうと覚悟をきめていた。はじめのつもりでは、せいぜい十分の一であったのである。しかし、こうなっては、万已むを得ないのである。

「熱海ぐらい、どうだい？」

「上等よ。それこそ、あたしの理想だったんだわ。」

玉子は、坐り直すと、

「さア、そうときまったら、うんと飲みましょうよ。」

「よーし。」

二

今夜の炊事当番は、志奈子と五百子であった。三也子は、さっき帰って、部屋の掃除をしている。一代と二美子、そして、父親の三人は、夕食がいらないことになっていた。

台所からライスカレーのにおいがしていた。缶詰のライスカレーだから、いちばん手っ取り早いのである。

やがて三人は、食卓に向かった。

「今夜、お父さんは、どこへいらしったのかしら?」

五百子がいった。

「久し振りでのんびりなさったんで、映画と違う?」

志奈子がいった。

「あたしは違う、と思うな。」

三也子がいった。

「それは、どういうこと?」

「昨夜、一代お姉さんとも話したんだけど、あたしね、お父さんに好きな人があるような気がするのよ。」

「まア、嫌だ。」

とっさに五百子がいうと、志奈子も、

「あたし、そんなこと、今までに考えたこともないわ。」

と、不満そうにいった。

「それじゃアお父さんが可哀そうよ。」

「だって、あたしたちがいるじゃアありませんか。」

「娘と好きな人とは違うのよ。そこんとこ、よく考えてあげなくっちゃア。」

五百子と志奈子は、顔を見合わせている。

「お父さんは、あたしたちがお嫁に行ったあとのことを考えていらっしゃるのよ。それとも、あんたたちのだれかが、この家に残って、お父さんの面倒を見て上げる?」

「あたし、そんなの、やっぱり困るわ。」

志奈子がいった。

「あたしでよかったら。」

五百子がいった。五人の娘の中で、末ッ子のせいか、いちばん父親思いなのである。そのことは、かねてから四人の姉は、認めていた。

「そうね、五百子ちゃんなら。だけど、もし結婚したいと思う人が、そんなのは嫌だといったら?」

「あたし、そんな人とは、結婚しないわ。」

「お父さんは、きっと、それを聞いたらお喜びになると思うわ。だけど、五百子ちゃん、お父さんにとって、五百子ちゃんに老後の面倒を見て貰う方が幸せか、好きな人と再婚する方が幸せか、よく考えてあげることも必要よ。」

「そりゃアそうだけど。でも、お父さんには、本当に好きな人があるの？」

「あたしの想像よ。」

「なアんだ、ただの想像か。」

五百子は、一度に上機嫌になった。安心したらしいのである。志奈子もほっとしたようだ。

その志奈子が、

「お父さんよりも、一代お姉さんこそ、そろそろ結婚した方がいいんじゃアない？」

「そうよそうよ。」

五百子が尻馬に乗っていった。三也子は、

「あたしは、一代お姉さんは、当分の間、結婚しないと思うわ。」

「どうして？」

「これもあたしの想像よ。」

三也子は、軽く逃げたけれども、彼女は、一代と同じ部屋で寝起きしているのだし、一代のことについては、自分がだれよりもよく知っているのだという自信があった。

二年ほど前までの一代は、実に明るい女であったのである。ときには、三也子の寝床の中

へもぐり込んで来て、

「三也子ちゃんは、恋愛したことがある？」

と、浮き浮きしていったりした。

「ないわ。」

「可哀そうねえ。」

「すると、一代お姉さんは、目下恋愛中ですの？」

「かもしれないし、違うかもしれないわ。」

「はっきり、おっしゃい。決して、お邪魔はしないから。」

「あたりまえよ。邪魔なんかされて、たまるもんですか。」

しかし、一代は、それ以上のことは喋らなかった。が、三也子の目にも、一代は、日に日に美しくなっていくように思われて、ねたましいくらいだった。恋愛が女を美しくするという言葉を、一代は、そのまま立証しているようだった。

ところが、一年ほど前から、一代は、ときどき考え込むようになっていた。もう恋愛の話もしなくなった。三也子がそれについて聞いても、返辞をしてくれなかった。それどころか、三也子は、夜中に一代のすすり泣きの声をすら聞いているのである。そうなると、もうかつな質問も遠慮しなければならなかった。といって、三也子は、いわゆるお喋りでなかったから、そのことを自分一人の胸の中に秘めていたのである。

一代は、人前では、以前と変らぬように、努めて明るく振舞っているが、三也子は、見ていていたいたしいくらいだった。一代は、いぜんとして美しかった。しかし、その美しさは、昔のようにパッと花が開いた感じではなく、沈んだ美しさに変っていた。陰翳《いんえい》のあるしっとりした美しさといっていいかもわからない。

三也子は、当然のことながら、

（失恋……）

と、考えたし、

（一代お姉さんは、そのことで、毎日、悩んでいるんだわ）

とも思った。

その一代の悩みは、今もまだ尾を曳いているらしいのである。しかし、三也子には、一代が喋らぬ以上、どうにもしようがないのであった。

「すると、二美子お姉さんの方が先かしら。」

五百子がいった。

「ところが、そうでもないらしいわよ。」

志奈子がいった。

「どうしてなの？」

「だって、あたし、昨夜、二美子お姉さんから妙なことを聞かされたもの。」

「妙なことって？」

「内緒にしておいてくれなくっちゃア嫌よ。」

「いいわよ。」

志奈子は、二美子から、かりに本当に好きな人があって、その人のお兄さんに、どうしてもお金がいることがあってうんぬんといわれたことを話して、

「そのために結婚が出来なくなったらなんていってらしったもの。あたし、この話、二美子お姉さんが現実にぶっつかっている問題だと思うのよ。」

「きっと、そうだわ。」

五百子がいった。志奈子が、

「今夜だって、炊事当番をあたしに代ってくれとおっしゃったのは、今頃、二人で歩いているんだと思うわ。」

三也子は、ありうることだと思って、

「そのお金って、いくらぐらいかしら？」

「そこまでは聞かなかったけど。」

「もし、五十万円なら……。」

五百子がいった。志奈子は、五百子を見返して、

「あんた、五十万円なら出してあげるつもりなの？」

「あたしは、嫌よ。でも二美子お姉さんなら、昨夜お父さんからいただいた五十万円を出して上げるんじゃアないかしら?」

志奈子と三也子は、顔を見合わせた。二美子なら、それくらいのことをやりかねない、という顔であった。

三人とも、すでにライスカレーを食べ終っていた。しかし、一人も席を立とうとはしなかった。

「三也子お姉さんには、恋人があるんでしょう?」

志奈子がいった。

「ないわ。だけど、あたしは、あせらないの。お父さんからいただいた五十万円のうちからどこかへ旅行するつもり。その旅行中に恋人が見つかりそうな気がしているんだわ。」

「あたしも連れてって。」

五百子がいった。

「邪魔よ。」

「すると、三也子お姉さんは、あの五十万円をそのまま預金にしておくつもり?」

「そうよ。」

「勿体ないわ、そんなの。」

「だって、あたしは、志奈子ちゃんのように証券投資なんていうの、苦手なんだもの。」

「ところが、あたしには、名案があったのよ。」

「名案って？」

「今ね、あたしの会社に、あたしを好きになってくれている男性が三人いるのよ。」

「まア、三人も？」

五百子は、目をまるくしている。しかし、三也子は、おどろきもしなかったし、羨ましそうな顔もしなかった。素晴らしい恋人は、旅行中に現われるに違いない、と信じているようなおおらかな顔になっていた。

志奈子は、本間哲夫、尾崎良彦、そして、久保隆太の三人に、それぞれ五十万円の三分の一ずつの投資方法について考えさせているのだと話した。

「すると、いちばん有利な方法を考え出した人と結婚なさるの？」

五百子がいった。

「そこまでは、考えていないけど。」

志奈子は、接吻の約束したことは内緒にしておいて、

「でも、恐らくは、そうなると思うわ。だって、三人には、それぞれいいところがあって、あたし、迷っているんだもの。それに、利殖の道にたけている人と結婚したら一生の得でしょう？　それよりも、五百子ちゃんは、あの五十万円をどうしたの？」

「あたし？」

「そうよ。」

「あたしは、凄いのよ。」

「凄い？」

三也子と志奈子は、五百子を見た。五百子は、半分は得意そうに、そして、半分はてれくさそうにしながら、

「あたし、会社で金貸しをすることにきめたのよ。」

三

「ねえ、もうそろそろ横におなりになったら？」

玉子が催促するようにいった。

「そうだなア。」

平太郎は、襖の隙間から見えている隣室の蒲団の方をちらっと見ていった。

二人でビールを半ダースぐらいは飲んだろう。ちょうどいい加減の酔い心地になっていた。気分的にもすでに熟していた。

「だって、早い方がいいんでしょう？」

「勿論。」

「泊まれるといいのにねえ。」

「今夜は、かんべんして貰いたい。そのかわり、熱海行きは、早急に実行に移すから。」

「きっとね。」

「俺も男だ。」

「うれしい。あたし、みーさんがこんなにたのもしい人だとは思っていなかったのよ。」

「何、それほどでもないがねえ。」

平太郎は、鼻の下をながくしながらいった。しかし、心の隅で、

（俺は、こんなにも惚れられていいのだろうか）

という思いがないでもなかったのである。

自分のどこにそんな魅力があるのだろうか、と疑っていた。しかし、現に惚れられていることには間違いがないのである。そのことが、まさに実を結ぼうとしているのだ。こうなっては、あれこれ愚図愚図と思い迷うよりも、寧ろ男子の本懐として度胸をきめてしまうことである。

「憎い人。」

「そうかねえ。」

「憎さがあまって可愛さが百倍よ。」

「俺の方は、更に可愛さが千倍だよ。」

「女殺し。今まで、その口で、たんと女を泣かせて来たんでしょう？」

「そんなことあるもんか！」

「でも、これからはそんなことをしては嫌よ。あたしだけにしておいて。」

「わかっている。」

「きっとよ。でなかったら、あたし、死んでやるから。」

「おどかすなよ。」

「だって、みーさんのせいよ。こんなあたしにしてしまったみーさんのせいよ。みんな、何も彼も、みーさんのせいよ。」

そういうと、玉子は、立ち上って、

「先に横になっていてね。すぐ、戻って来ますから。」

と、意味ありげにウインクしておいて、部屋から出て行った。

平太郎は、グラスに残ったビールをぐっと飲みほすと、隣室へ入って行った。先に蒲団の中で横になっているのは、ちょっと気がひける。といって、蒲団の横に行儀よく坐っているのも妙なものであろう。考えて、その中間を取ることにして、掛蒲団をめくって、アグラをかいた。妙に胸が騒いでいた。

（落ちつくことが肝腎である）

平太郎は、三回ほど深呼吸をしてから、煙草に火を点けた。部屋の中は、電気スタンドの明りだけになっていた。平太郎は、その灯の下でおこなわれるこれからのことを、あれこれと頭に描いていた。

どこかの部屋で客が陽気に酒を飲んでいるようだ。それも邪魔にはならず、却って一種の情緒が感じられるくらいだった。

廊下で跫音がした。襖が開かれた。玉子は、なまめかしい長襦袢姿に変っていた。

「ほう。」

平太郎は、見とれたようにいった。

「これ？」

玉子は、自分の長襦袢姿を見まわして、

「だって、浴衣ではねえ。」

と、羞かんだようにいった。

「そうだよ。」

「これからはいつだって、こうにしますわね。」

「頼む。」

「水くさいわ、頼むだなんて。そうしろ、といって。」

「そうしろ。」

「はい。」

いうと、玉子は、平太郎の横へ坐って、

「ああ、うれしいわ。やっと、思いがかなえられるんだわ。」

と、平太郎の肩にしがみついて来て、唇を求めて来た。

もとより平太郎には、嫌も応もなかった。夢中のように玉子の唇を吸った。

「うんと、可愛がってね。」

「いいとも。」

「横になりましょうよ。」

「ああ。」

平太郎が横になると、玉子は、その平太郎に蒲団をやさしく着せかけておいて、自分も横になった。

「煙草を吸ってもいい？」

「かまわないよ。」

平太郎は、仰向いている。玉子は、ピッタリと平太郎に身体をくっつけて、うつぶせになって、煙草に火を点けた。玉子の足が、平太郎のそれにからみついてくる。すべすべしていて、しかも、燃えているようだった。

「さっき、ここのおかみさんにいわれたのよ。」

「何を？」

「玉ちゃんは、いい旦那さまを見つけて、幸せだって。」

平太郎は、

（旦那か……）

と、苦笑したくなっていた。

旦那になる気はなかったのである。ときどきの浮気の相手にと思っていたのである。しかし、本望の達成を目前にして、そんなしみったれたことはいえるものではなかった。

「おかみさんは、前からあたしに、小料理屋をやってみたらといっていたのよ。」

「………」

「だけど、そんなお金たいへんでしょう?」

「そうだよ。」

「ところが、二百万円もあったら、それが出来るのよ。」

いいながら玉子は、ますます平太郎に身体を押しつけてくるし、絶えず足を動かしていた。

「おかみさんは、その二百万円をいちじみーさんから借りたらというのよ。」

「俺に?」

「あたし、なんぼなんでもそんな厚かましいことがいえないっていったのよ。」

「………」

「そうしたらおかみさんが、かわりに自分がいって上げようか、と。」

「………」

「もちろん、お借りするんだから、利息もお払いするのよ。」

「……………」

「月に五分として、十万円ぐらいだったらどうかしら？」

「……………」

「二年で、元金だって、お返し出来ると思うんだけど。」

「……………」

「あたし、絶対にご迷惑をおかけしない自信があるわ。」

「……………」

「そうなったら、あたし、毎月のお手当だっていらないわ。」

「……………」

「ねえ、さっきのように、ここで、俺も男だ、よーし、といって下さると、あたし、ほんとうにうれしいんだけど。」

平太郎は、すでにして、

（ああ、何んたることであったか）

と、唸りたくなっていた。

ぞっこん惚れられていたのではなく、玉子は、金が目あてであったのだ。もうそう思って間違いがないようだ。それにしても、このぎりぎりの場に及んで、こちらの気持ちをこんなにしておいて、ちょっとひど過ぎるようだ。平太郎は、こみ上げてくるような不愉快さと情なさを感じていた。

「残念ながら。」

平太郎がそこまでいうと、玉子の身体がピクッと動いて、その足の動きが停止した。

「俺には、そんな大金の持ち合わせがないんだよ。」

「だって、退職慰労金が二百万円あったんでしょう?」

平太郎は、またしても、

(ああ、この女は、そこまで調べていたのか)

と、唸りたくなっていた。

「たしかに、二百万円の退職慰労金は貰ったよ。」

「だったら。」

「しかし、俺の手許には残っていないんだ。」

「どうしてよ。」

「昨夜のうちに、家庭の事情で五人の娘たちにわけてしまったのだ。」

「そんなこと、嘘でしょう?」

「嘘なもんか。」

「だけど、父親の権利で取り戻すことが出来るでしょう?」

「それが出来ないことになっているんだ。」

「そう。」

しばらく間をおいて、玉子は、

「三沢さんて、そういう人だったの。」

「…………」

「ちっとも、あたしのことなんか、考えてくださらない人だったのね。」

「…………」

「わかったわ。」

玉子の口調は、さっきまでとは別人のように冷たくなっていた。くるりと平太郎に尻を向けると、そのまま、動かなくなってしまった。平太郎は、もうどうしていいかわからなかった。うかつに手を出したら、ぴしゃっとはねつけられるだろう。いや、平太郎は、そういう気持ちもなくしていた。といって、起き上るのも妙な具合いであった。

二人は、そんな姿勢のままで、五分ほどそうやっていた。その間、二人は、一言も口も利かなかった。別室では、客がまだ陽気に騒いでいる。しかし、そのとき平太郎の心の一部に、玉子のしかけてくることを期待するものがなかったとはいわれないのである。そうなったら平太郎は、今夜だけ、という条件で応じてやってもいいつもりだった。

玉子は、するりと蒲団から抜け出した。そして、平太郎を見下ろすと、

「もう、お帰りになるでしょう?」

四

平太郎は、国電に乗っていた。さっきまでのことは、思い出してもいまいましい。屈辱の思いが胸底から噴き上げてくるようであった。

あのあと、玉子は、さっと部屋から出て行ってしまった。平太郎は、のろのろと起き上って、洋服に着換えた。

「ごめん下さい。」

女中が入って来た。平太郎は、その女中に顔を見られることが恥かしいくらいであったが、女中は、無表情に、

「お勘定いただけるでしょうか。」

「ああ、払うよ。」

「二万三千円頂きます。」

「何?」

「二万三千円でございます。」

平太郎は、

(高い)

と、いいたいのをぐっと飲み込んで、

「玉子さんは、どうしているんだね。」

「おかみさんの部屋にいらっしゃいます。」

「すると、この勘定のことは、知っているんだね。」

「はい。」

「そうか。」

平太郎は、用意して来た三万円の中から二万三千円を払った。女中は、それを調べて、

「たしかに。」

「これを君に上げよう。」

平太郎は、女中に千円をやった。一つには、振られた男の意地であった。

「すみません。」

女中は、ちらっと平太郎を見たが、その目は、平太郎を哀れんでいるようであった。平太郎は、早早にその家を出た。しかし、玉子は、最後まで姿を現わさなかった。平太郎は、十メートルほど歩いてから振り返って、

「バカにするな。」

と、いってみたのだが、胸の虫がおさまらなかった。

今頃、玉子とおかみは、平太郎を嗤《わら》っているだろう。そういう情景が見えてくるようであ

った。

（しかし、俺の方がバカであったんだ）

考えてみれば、五十五歳の今日まで、そんなに女に惚れられたことがないのである。それが定年の間際になって、突然変異のようにぞっこん惚れられたのである。惚れる方に何かの魂胆があって、ということぐらいは当然考えておくべきであったのだ。ピエロ役を演じさせられていたのだ。せっかく得た自由の果てがそれであったのだ。

（俺は、とんだ男であった）

平太郎は、やっと苦笑するだけの余裕を取り戻した。しかし、もし二百万円が平太郎の自由になるままになっていたら、あの場の気分として、そして、あの条件でなら、うんといっていたかもわからないのである。今の平太郎は、危く難を逃れ得たような気持ちであった。五十万円ずつを娘たちにわけておいたお蔭なのだ。

（しかし、万に一つ、娘たちが急に五十万円を持ったがために、却って、不幸になることがあったら……）

あり得ないことではないような気がしてくる。金というものは、人間を幸せにするが、同時に不幸にもする。そういう恐れが多分にある。平太郎は、今夜にも娘たちから、五十万円をどういうように処理したか、一応聞いておくべきだと思った。

「お父さん。」

平太郎は、顔を上げて、

「ああ、二美子か。」

と、笑顔になった。

同時に、この娘が、さっきのことを知ったらどんな顔をするだろうか、と思ってみずにはいられなかった。どんなにか軽蔑されるだろうし、父親としての権威を台なしにされてしまうに違いないのである。

二美子は、平太郎の横へ腰を下した。

「お父さん、今までどこへ行ってらしったんですの？」

「こんど勤める会社の重役さんの家へ、ご挨拶に行って来たんだ。二美子は？」

「あたしは、残業よ。」

「近頃は、よく残業があるんだな。」

「そのかわり残業手当が貰えるわ。」

「そりゃアまアそうだろうが。ところで、二美子は、あの五十万円をどうしたかね。」

「あたし、定期預金にしておいたわ。だってその方がいちばん無難でしょう？」

「お父さんも、その方が賛成だね。しかし、定期にしておいて、結婚するときにうまく出せるのかね。」

「大丈夫よ。」

「いつ頃、結婚するつもりだね。」

「まだ、きめていないけど、すくなくとも半年は先だわ。」

「いいだろう。しかし、それならそれで、早くその人をお父さんに会わせてほしいな。」

「わかってます。なるべく、近いうちに。」

「うん。」

二美子は、長田に誘われて、ホテルの前まで行ったときのことを思い出していた。あのあと、二人は、妙に気まずいことになってしまったのである。せっかく五十万円をわたしながら、そういう別れ方をして来た。

（一代お姉さんが悪いんだわ）

しかし、もしあのとき、一代の姿を見ていなかったら、二美子は、今頃、まだ長田といっしょにホテルにいたかもわからないのである。勿論、そうでない方がよかったのだ。だからこそ、こんなに平気で父親の顔が見られるのである。しかし、二美子の心のどこかに、それを残念がる思いもないではなかった。

（だけど、お姉さんの相手は、どういう人なんだろうか）

三十五、六歳のようだったし、当然、妻子のある男、と思うべきだろう。二美子は、一代の容子がこの一年ほど前から変ったことに気がついていた。しかし、その原因がそういうところにあったとは、夢にも思わなかったのである。

（一応、お父さんの耳においれしておいた方が……）

二美子は、そこまで考えて、迷っていた。いうべきであるような気もするが、しかし、その結果、一代がどんなに叱られるであろうと思うと、うかつにいえないのである。

二人は、中野駅で下車した。

「あれは、一代だろう？」

平太郎は、前方を見ていった。

「どこ？」

二美子は、十メートルほど先をうなだれるようにして歩いて行く一代のうしろ姿を見た。もう一度、ホテルから出て来たときの一代の姿を思い出し、二美子は、胸を波打たせていた。

日歩十銭

一

「呼びましょうか。」

二美子は、平太郎にそういっておいて、

「お姉さーん。」

と、駈け出して行った。

一代は、振り向いて、近寄ってくる二美子におだやかな微笑を向けていた。

「お父さんもいっしょよ。」

「そう。」

一代は、同じ微笑を父親にも向けている。二美子は、一代の横顔を見つめながら、

(白白《しらじら》しいわ)

と、思わずにはいられなかった。

気のせいか、一代の身辺から風呂上りのようなにおいが感じられるようだ。そのにおいの中に、あるいはさっきまでいっしょにいた男の体臭もまじっているのではなかろうか。二美子は、それを嗅ぎ取りたいと深く息を吸った。同時に、同じ姉妹でありながら二人の間に、もう百里の距離が出来てしまっているように思われるのであった。

(不潔だわ)

二美子は、そうも批難したいくらいであった。ただし、その自分は、さっき危く一代と同じことになりかけたのだ、ということは忘れていた。忘れていたというよりも、思い出したくなかったのかもわからない。

「お帰りなさい。」

一代は、平太郎にいった。

「ああ。残業かね。」

平太郎がいった。

「ええ。」

「あら、あたしも残業だったのよ。」

二美子は、わざとびっくりしたようにいった。そんな二美子を、一代は、ちらっと見たが何もいわなかった。

「電車の中で、お父さんといっしょになったのよ。」

「そう。」

「きっと、同じ電車だったのね。」

「そうね。」

「あたしはまた、お姉さんは、好きな人といっしょだったのかと思っていたのよ。」

「残業よ。二美子さんこそ、そうだったんじゃアないの?」

「ふッふッふ。かも知れないし、違うかも知れないわ。ねえ、お姉さんには、好きな人がないの?」

「ないわ。」

「あたしには、信じられないけど。」

「ないわ。」

「二美子は、しばらく黙っていなさい。」

「あら、三十二だっていいじゃアありませんか。」

「実は、けさほど、吉井の奥さんが、一代の縁談を持って来て下さったんだよ。ちゃんとした会社の勤め人なんだそうだ。尤も、年は三十二というからちょっと老《ふ》けている。」

「あたしは、平気ですから。」

「だって、そんなの、悪いわ。」

「あたしには、どうかおかまいなく。」

「順序からいうと、先ず一代の結婚ということになるのだが。」

「ありがとう、お姉さん。」

「おめでとう、二美子さん。」

「二美子には好きな人があって、もう結婚の約束も出来ているらしい。」

「はい。」

「一代にいっておくことがある。」

と、たしなめておいて、

「二美子、しつっこいぞ。」

あくまで食いさがる二美子を、平太郎は、

「そうかなア。」

「はい。」

「で、せっかくいって下さるんだからお見合いぐらいしてみたらどうだろうか。」

「…………」

「それで嫌なら断わればいいんだし。」

「…………」

「気がすすまないか。」

「ええ。」

「しかし、いつまでも結婚しないでいるわけにもいかないだろう?」

「わかっています。」

一代の声は、沈んでいた。そうなると、平太郎には、それ以上の無理押しは出来ないのであった。過去に、一代の哀れな姿を見ているだけに、哀れさが先に立ってしまうのである。

といって、いつまでも放っておくわけにはいかないのだ。

(一度、二人っきりのとき、ゆっくり話し合ってみよう)

三人は、平太郎を真ン中にして歩いていた。二美子は、一代には、いっしょにホテルへ行く中年の相手のあることがいいたくて、ムズムズしていた。しかし、それをいうことが、一代を幸福にするとは限らないのである。逆に、不幸にする場合のあることも想像される。

(あたしだって、だれにも内緒で、長田さんに五十万円をわたして来ているんだわ)

二美子には、それを父親にいう勇気はなかった。悪いことをしたとは思っていない。いいことをしたのだと信じている。しかし、父親にいえば、きつく叱られそうだ。かりに、だれかがこの秘密を嗅ぎつけて、それを父親に喋ったとしたら、二美子は、火のように、憤るに違いないのである。

同じことが一代についてもいえそうである。二美子には三文のトクにもならず、逆に、一代から恨まれるだけだろう。それこそ、一生……。二美子は、当分の間、沈黙をまもろうと決心した。そう決心してしまえば、却って気がらくであった。要するに、人は人、自分は自分の主義に徹していけばいいのである。それに限るのだ。

「ところがね。」

平太郎は、そこでわざと苦笑しておいて、

「吉井の奥さんは、もう一つ、縁談を持って来たんだよ。」

「まア、だれのよ。」

二美子がいった。

「だれのだと思う?」

「三也子ちゃん?」

「違うね。」

「志奈子ちゃん?」

「違う。わしのだよ。全く、あの奥さんは、どうかしている。」

流石に二人とも、そこまでは考えていなかったように黙り込んでしまった。

「それも、三十五歳の未亡人で、中学生になる男の子が一人あるんだそうだ。勿論、わしは、ご冗談でしょうと断わっておいたけれどもね。」

「そうよ、お父さん。」

二美子は、当然のようにいった。

そのようにあっさりいわれると、平太郎は、ちょっと淋しい気もするのだった。娘として、それは当然のことであろう。だが、そうなると、自分だって、まだ五十五歳なのだ、といいたくなってくるのであった。これから二十年生きるか、三十年生きるかわからないのである。早晩、五人の娘たちは、お嫁に行ってしまう。そうなれば、どうしても茶飲み友達になる女が欲しくなるに違いない。そんならいっそ今のうちに、ということにしておかしいだろうか。おかしくはない筈である。平太郎は、もし今夜玉子に振られていなかったら、恐らくこういう心境にならなかったろう。しかし、物の見事に振られたのである。思い出してもいまいましさが胸底から込み上げてくる。その自信の喪失が、平太郎の心境に大きな変化をあたえたようであった。

黙っている一代に、二美子は、

「お姉さんだって、そう思うでしょう?」

「昨夜、三也子ちゃんとも話していたんだけど。」

「あら、何んのこと?」

「お父さんは、五十万円ずつをわけたあとで、自由がほしくなった、とおっしゃったでしょう?」

「ええ。」

「その意味は、好きな人があって、結婚したいんじゃァないか、と。」

「まア、そうだったの、お父さん。」

「違う、違う。そんな意味ではなかった。」

しかし、平太郎は、狼狽《ろうばい》していた。二美子は、そんな父親を咎めるように見ていた。

「あたし、三也子ちゃんといってたのよ、もしそういう人があるんなら賛成してあげよう、と。」

二美子は、不満そうであった。しかし、一代は、かまわないで、

「お父さん、お見合いをなさってみたら?　もし、別に好きな人がいないのなら。」

「勿論、わしにそんな女なんかいないよ。いる筈がないじゃァないか。」

「だったら、お父さん。」

一代は、いきいきとした口調でいって、更に、

「あたし、そのうちにみんなで相談しておくわ。」

と、つけ加えた。

二

五百子の勤めているY化学工業株式会社は、新宿にあった。五百子は、総務課勤務なのである。

昨夜、父親は、一代と二美子といっしょに帰って来た。父親は、五人の娘を並べておいて、

「念のために聞いておきたいんだが、みんなは、五十万円をどうしたんだね。」

と、いったのである。

一代は、銀行に預けてあるといった。

二美子の定期預金、三也子の一部を旅行費にあてる案、志奈子の証券投資のことも、父親は、納得した。しかし、五百子の会社で金貸しをする案だけは、即座に、

「そりゃアいかん。」

と、いわれてしまったのである。

「あら、どうしてよ。」

五百子は、不満そうにいった。

「女の子が会社でそういう真似をするなんて、以っての外だよ。第一、そんなことをしたら、人人からうしろ指をさされる。」

「大丈夫よ。」

「大丈夫である筈がない。」

「だって、あたしからいい出したんじゃアないんですもの。みんなからぜひそうしてくれと頼まれたのよ。」

「どうして、そんなことを頼まれたんだ。」

「あたし、お昼の食堂で、五十万円の大金持ちになったことを喋ったのよ。このお金をお嫁入りまでに倍にしたいわアといったら、あたしの課の広瀬さんが、そんなら名案があるとおっしゃったのよ。」

広瀬和孝のいい分は、こうであった。

「どうも僕たちは、月給日の前になるとピイピイになるんだ。どうかすると煙草銭にも困ることがある。そういうとき、ちょっと手軽に金を貸してくれる人があると非常にたすかるんだよ。」

すると、横にいた何人かの男たちも、

「そうだよ、それこそ人だすけになる。」

「月給日にはかならず返すんだし、貸し倒れの心配は絶対にないよ。」

「勿論、利息だって払うし、その方が、銀行に預けておくよりも、余ッ程、有利にまわるよ。」

「われわれだって、まさかって場合には、三沢さんから借りられると思えば、安心していられる。」

と、口口にいったのである。

五百子の気持ちは、すこし動いた。とにかく同じ会社にいるのだし、回収不能になる恐れはない。まさかとなれば、月給からおさえればいいのである。そうなると、問題は、利息である。

「利息は、どれくらい下さるの？」

「そうだなア。定期預金だと年で六分。これを日歩になおすと一銭六厘四毛四糸になる。銀行から借りるとなると二銭五厘ぐらい払わなければならんだろう。だから、その倍の五銭というのはどうだろう。」

「あら、たったの？」

「ちぇッ、がめついぞ。仕方がない、日歩十銭といこう。」

「十銭だと年利にして、どれくらいになるの？」

「三割六分五厘だよ。」

「ちょっと、悪くないわねえ。」

「悪くないどころか、凄い利益になるよ。今頃、投資信託だって、そう有利にはまわらないよ。絶対だな。」

「だって、そんなことをしたら課長さんから叱られないかしら。」

「叱られるもんか。そのうちに課長だって、お願いします、といいにくるにきまっている。何故なら、月給日の前にピイピイになることは、課長だって、われわれだっておんなじだからな。何んだったら、僕から、課長にいっておいてやるよ。」

「そうだよ。こういうことは、内緒でコソコソやるからみっともないんだ。それよりも、あたしは、結婚資金倍増のために金貸しを開業しますと堂堂と宣言してやれば、誰も蔭口を利かないよ。」

「理屈は、証券投資をやっているのと変らないんだからな。」

「日歩十銭。ぜひ、開業して貰いたい。」

「頼むよ。」

熱心にいわれて、五百子は、ついに、

「いいわ。」

と、いってしまったのである。

とたんに、広瀬が、

「しめた。僕に三千円頼む。」

と、嬉しそうにいったし、あと三人が、

「僕に四千円。」

「僕に二千円。」

「僕に千円。」

と、たちまち、合計一万円の申し込みがあったのである。

思えば、その日は、月給日に五日前であった。

「で、五百子は、その一万円を貸してしまったのか。」

平太郎は、苦苦《にがにが》しげにいった。

「だって、約束なんですもの。」

「じゃア、その一万円は仕方がないとして、今後はやめなさい。」

「どうしてなの？」

「そういうことを繰り返していると、人間が下品になる。」

「では、証券投資でお金をふやすことは、人間が下品にならないの？」

「話が違います。」

「あたしには、わからないわ。それに課長さんだって、もう知ってらっしゃるのよ。あたしが書類に判を貰いに行ったら、そのうちに僕だって頼むかもわからないからと笑ってらしったもの。」

五百子は、あくまで譲らないのである。

平太郎は、困ったことだと思った。やっぱり、五十万円ずつわけたことが間違いでなかったろうか、と思われてくるのであった。まさか、金貸しをするとまでは考えていなかったのである。

いちばん利殖に旺盛な志奈子すら黙っていた。志奈子には、金貸しを開業する意志はなかった。しかし、日歩十銭、年利三割六分五厘というのは、ちょっとした魅力になっていた。頼んである三人が、果してこれ以上に有利な案を持って来てくれるかどうか。

「ねえ、お父さん。」

一代がいった。

「何んだね。」

「こうなったら五百子ちゃんの思う通りにやらせてみたら？」

「一代までがそういうことをいうのか。」

「だって、あの五十万円は、もう五百子ちゃんのお金なんですもの。それにそういうことから五百子ちゃんの新しい人生が開けてくるかもわからないでしょう？」

「新しい人生？」

「何人かの人にお金を貸しているうちに、五百子ちゃんの好きな人が出てくるかもわからないでしょう？」

「こんな娘に金を借りるような男にロクなのがいるものか。」

「いちがいにそうとばかりはいえないと思うけど。」

平太郎は、黙り込んだ。不承不承ながら黙認のようなかたちになってしまった。五百子は、あとで、

「一代お姉さん、有りがとう。」

と、お礼をいった。

「あら、いいのよ。でも、五百子ちゃん。お父さんのおっしゃったことも本当なのよ。」

「はい。」

「ただ、お金を貸すだけでなしに、相手の人をよく見ておくことを忘れないでね。大切なことなんだから。」

「わかったわ。あたし、うんと人間研究をしてみるわ。そして、その中からいちばんましな人をお婿さんに選ぶことにするわ。」

五百子は、そんなことを思い出しながら熱心にそろばんをはじいていた。人間研究は、必要なことである。殊に、金がからんでくると、人間は、どうしても本性をさらけ出すようになる。そこをうまく摑めば、その人物が結婚するに足りるかどうかの判定もしぜんに出来てくるに違いなかろう。金を貸して利息を貰い、その上、上等のお婿さんを選ぶことが出来たら、それこそ一石二鳥ということになりそうだ。

「三沢さん。」

呼ばれて五百子が顔を上げると、厚生課の浜島西吉であった。ちょっと気まりの悪そうな

顔をして、

「お金を貸して貰えると聞いて来たんだけどね。」

「そうよ。」

「月給日まで二千円貸して貰えないだろうか。」

「利息は、日歩十銭よ。」

「いいとも。もっと出してもいいくらいに思っている。」

五百子の横の広瀬が、

「冗談じゃアない。それ以上の利息を払われては、こっちが迷惑するよ。」

と、抗議を申し込んだ。

「あたしだって、日歩十銭でいいわよ。借用証を書いて頂戴。」

五百子がいって、机の引き出しから二千円を出した。浜島は、借用証と引き換えに、その二千円を受け取って、

「たすかったよ。これからもちょいちょい頼みにくるからね。」

と、いいながら戻って行った。

「商売繁昌だね。」

広瀬がいった。

「お蔭さまで。」

五百子は、ニンマリとしていった。

「でも、おかしいな。」

「何んのこと?」

「浜島は、僕たちのように月給日になるとピイピイになる男じゃアないんだよ。あれで、株をやったりして、貯蓄精神のなかなか旺盛な男なんだ。そんな男が、日歩十銭以上を出してもいいなんて、普通には考えられないことだからな。そうだ、わかったよ。」

「わかった?」

「気をつけろよ、君は、狙われているんだ。」

「狙われるって、あたしの何が狙われるのよ。」

「君の五十万円だよ。」

「おどかさないで。」

「君の五十万円を狙ういちばんいい方法は、何んだと思う?」

「いくら狙われたって、あたし、絶対にはなさないわ。」

「しかし、君をお嫁さんにしてしまったら、五十万円の持参金つきの花嫁ということになるじゃアないか。」

「まア、嫌だ。あたし、浜島さんのお嫁さんになんかならないことよ。」

「しかし、彼は、その気でいるかもわからないよ。いや、ほかにもそういう気で近寄ってくる奴が、今後も現われてくる可能性があるな。」

五百子は、じいっと広瀬を見て、

「まさか、広瀬さんは、そうじゃアないでしょうね。」

「その点は、安心して貰いたい。こう見えても僕は、男のはしくれだからね。そういうケチな根性は持っていない。」

広瀬は、威張ったようにいっておいて、

「実をいうと、特別に十万円ほど貸して貰えないかと思っているんだよ。」

と、ピョコンと頭を下げた。

三

その夜、五百子は、広瀬と二人で、銀座の喫茶店に行った。広瀬は、店の中を見まわして、

「まだ来ていないようだけど、待ってくれるだろう？」

「いいわ。」

二人は、壁際の席に向い合って腰を下した。コーヒーを注文した。

五百子は、広瀬から十万円といわれたとき、即座に、断わった。

「やっぱり、ダメか。」

「だって、十万円なんて。」

「その十万円は、僕がいるんじゃアなくて、友達がほしがっているんだよ。」

「そんならなおさらだわ。」

「ただし、僕が保証人になるし、全責任を負うよ。」

「いったい、それはどういうためにいるお金なの？」

「僕の友達、今関正資というんだが、その今関が結婚したがっているんだが、その結婚式の費用やらアパート代やらのために、どうしても十万円ほどいるのだ。」

「今まで、貯金していなかったの、その人。」

「月給は二万円ほど貰っているんだけど、その中から毎月五千円、田舎へ送金していたんだ。それで結婚どころではなかったわけだ。ところが、先月からやっと送金の必要がなくなったんだよ。」

「今は、どこに住んでいらっしゃるの？」

「煙草屋の二階を借りているんだが、結婚するんなら出て行けといわれているんだ。」

「結婚する相手の人は、恋人なの？」

「二年越しの。」

「まア、二年越しの……。」

五百子は、ちょっと羨ましそうな顔をした。いつになったら自分に、そういう恋人が出来るだろうか、と思ったのである。五百子は、結婚するなら恋愛結婚を、と考えていた。それがかねてからの理想であった。ただし、安っぽい恋愛はしたくなかった。そして、四人の姉たちが選ぶ男性に負けない男性を、と思っているのであった。しかし、まだ十九歳なんだし、結婚を急ぐことはないのである。二十二歳ぐらいになってからでいい。が、その前に恋人をつくっておく必要がある。二年越しの恋人なんてのは悪くない。

「僕は、何度もその恋人に会っているけど、いい娘なんだよ。」

「そんなに？」

「そう。が、ちょっと、可哀そうなんだ。」

「どういうこと？」

「両親がなくて、叔父さんの家に世話になっているんだよ。それで、いつも肩身せまく暮しているし、時には、厄介者のように扱われているらしいんだ。だから一日も早く、今関と結婚してしまいたいんだよ。」

「わかるわね。」

「その恋人は、やっぱり勤めているんだ。多少の貯金はしているだろうが、せいぜい、二万円か三万円だろう。とうてい、アパート代とか結婚式の費用は出せないよ。」

「そうね。」

「実は、昨日、君から借りた四千円で、今関と飲んだんだよ。で、ついでに君のことを話したら、何んとか十万円ほど貸して貰えないだろうか、ということになったんだ。」

「……………」

「結婚したって、当分は共稼ぎをする。二人で三万円ぐらいの月収になる、その中から毎月五千円ずつ返すし、ボーナスのときに二万円は返せるだろうし、一年で元金だけは返せる。」

「利息は？」

「利息だって、今いった方法で返していけばいいだろう？」

「そりゃアそうだけど。」

「僕はね、二人を見ていて、一日も早く結婚させてやりたいんだ。僕に貯金があったら貸してやるんだけど、残念ながらいつも入ってくるだけ費ってしまう方だから。ねッ、どうだろう？」

「……………」

「僕は、人だすけになると思うんだ。君のお蔭で、この世に幸福な新夫婦が誕生するんだよ。いい気持ちだとは思わないか。」

「そりゃア思うけど。」

「しかも、君は、ちゃんと日歩十銭の利息が取れるんだよ。」

「だけど、もし貸し倒れになったら？」

「そのときは、僕が全責任を持つといっているだろう？」

「大丈夫？」

「大丈夫にきまっているじゃアないか。君は、いつでも僕の横にいるんだし、月給日には、間違いなしに取り上げられるじゃアないか。勿論、ボーナスのときには、どんな無理をしてでも、二万円は払う。」

「そうねえ。」

五百子の気持ちが多少動いて来たことは、事実であった。自分さえその気になったら、明日にもこの世に幸福な新夫婦が出来るのだ、ということが一つの原因であったろう。更にいえば、広瀬の友情心の厚さに打たれたのでもある。五百子は、今日まで、広瀬という男は、仕事は出来るが、月給を全部飲んでしまうようなだらしのない人間とのみ思って来た。しかし、こういう一面もあったのかと、ちょっと見直したくなってくるのである。同時に、男の友情とはいいものだ、と思わずにはいられなかった。女の間では、こういう友情は、成立しないのではなかろうか。現に、自分たちは、姉妹の間でも、金の問題になると、こうはいかないような気がする。

「どうしても嫌なのなら、そりゃア仕方がない。僕だって、あきらめる。しかし、その前に一度、今関に会ってみてくれないか。そうすれば、僕のいっていることが嘘かどうかわかるだろうし、また、今関が信用出来る男であることもわかるよ。」

「………………」

「ついでに、その恋人にも会って貰いたいのだ。」

「…………」

「僕たちに飲み代を貸してくれるのは有りがたいが、今関のために十万円を貸してやることは、それとは比較にならぬくらい有意義だよ。第一、金という物が活きてくる。」

「…………」

「とにかく、会うだけは会ってみてくれよ。」

その広瀬の熱心さに負けて、五百子は、

「いいわ。」

と、いってしまったのだが、一つには、二年越しの恋人同士というのを見たかったからでもあったのである。

「すまん、恩に着る。」

広瀬は、早速、今関の会社へ電話をかけた。そして、今関は、この喫茶店へ恋人を連れて行く、ということになったのである。

「今関は、とっても喜んでいたよ。」

広瀬がいった。

「だけど、あたしは、まだ貸すとはきめていないのよ。」

五百子がいった。

「問題は、君が僕をどの程度信用しているかにあると思うんだよ。」

「広瀬さんて、そんなに信用していい人なの？」

「平常の僕を見ていたらわかるだろう？」

「だったら、ダメよ。」

「ダメか。」

広瀬は、残念そうにいったが、しかし、ダメといわれたことをたいして苦にしていないようだった。どこかに鷹揚なところのあるのは、育ちのせいだろうか。いつも身辺を明るくしているような男であった。

「来たよ。」

広瀬は、入口の方を見ていった。五百子は、振り向いた。広瀬と同じ年頃の青年と、それに寄り添うようにして二十二、三歳の娘が近寄って来た。殊に、娘の方が緊張しているようであった。

「どうも、お待たせしました。」

今関は、先ず五百子にいってから、広瀬の方を向いて、

「すまん。」

「いいんだよ。こちらは、三沢五百子さん。こちらは、今関君。それから、こちらは、今関君の二年越しの恋人である野田清子さん。」

初対面の挨拶が終ってから、四人は、席についた。

五百子は、無意識のうちに債権者の立場から二人を見ていた。今関は、誠実そうな男であった。清子は、その今関の恋人にふさわしいような娘であった。特に美人ではないのがよかった。五百子は、自分の方がちょっとぐらいましかも知れない、と思ったくらいである。清子の洋服も、五百子のそれにくらべると劣っているようだった。しかし、清潔に着ていた。きっと、今関を大切にするいい奥さんになるだろう。

「いろいろと無理なことをお願いいたしまして。」

今関がいった。五百子は、二人を見ただけで、七分がた心がOKに傾いていた。

「僕から一応、君たちが金のために結婚出来ないでいる理由を話しておいたんだが、あらためて君から話してくれないか。」

「お話ししましょう。」

今関のいうところは、広瀬の話と大差がなかった。清子が叔父の家で、肩身をせまくしている理由については、清子が、叔父の強くすすめる縁談を嫌ってのことでもあることもわかった。

「だから僕としては、一日も早く、結婚してしまいたいんですよ。でないと、この人が可哀そうですから。」

「わかりますわ。」

「結婚式といったところで、派手なことはすこしも考えていないんです。親しい人だけに集まって貰って。」

「勿論、僕を呼んでくれるだろうな。」

「当然だよ。そうだ、もし、僕たちのためにお金を貸して下さるんなら大恩人なんだし、三沢さんにも来ていただきたいですね。そうだろう？」

今関は、清子を見ていった。

「ぜひ、ね。」

清子は、そういって、五百子に笑いかけた。特別に卑屈になっている笑い方ではなかった。

そのことが五百子に気持ちがよかった。この清子となら友達になれそうな気がしていた。同時に五百子は、そういうつつましい結婚式に招かれた自分の姿を想像していた。

「あたし、喜んで十万円をお貸しいたしますわ。」

五百子は、ついいってしまった。

「すまん。」

先ず、広瀬がいった。今関と清子は、ほっとしたように立ち上って、

「有りがとう。お蔭で、私たちは、結婚出来ます。」

清子は、黙って頭を下げたが、もう涙ぐんでいるようであった。それを見て、五百子は、

（あたし、いいことをしたんだわ）

と、信じることが出来た。

「明日、お金を広瀬さんにお渡ししておきますから。」

「お願いいたします。」

広瀬は、肩の荷をおろしたような顔で、

「こうなったら今夜の晩ごはんは、僕がおごるよ。出よう。」

と、もう立ち上っていた。

その喫茶店の勘定は、広瀬が払った。五百子は、昨夜は、この今関と飲んだといっている広瀬に、今夜の晩ごはん代を払う金があるのだろうか、と心配していると、喫茶店を出てから、

「二千円ほど持っていない？」

と、声を低くして、てれくさそうにいった。

「どういうこと？」

「明日、借用証を書くから頼むよ。」

五百子は、頷いた。何んとなく微笑していた。

四

カウンターの中のマダムは、入って来た一代を見ると、

「いらっしゃい。」

と、笑顔でいった。

「今晩は?」

一代は、スタンドの前の椅子に腰を下した。

「今夜、落合さんは?」

一代は、物憂そうに頭を横に振って、

「ジンフィーズをつくって下さらない?」

マダムは、バーテンダーにそれをいっておいて、

「どうしたの。さっぱり、元気がないようだけど。」

と、一代の顔を覗き込むようにしていった。

「そうなのよ。何んだか、面倒臭くなって来たんだわ、生きていることが。」

「生きていることが?」

「といって、死ぬ勇気もないし。」

「当りまえよ。その若さで死ぬなんて、第一、勿体ないわよ。」

「さア、どうだか。」

「落合さんと、喧嘩でもしたの?」

「喧嘩はしないけど、別れようなんていい出すんですもの。」

「まア、別れる?」

「あたしたちのことが、会社の噂になりかけているらしいのよ。それで、あの人、それを恐がって。」

「随分、虫のいい話なのね。」

「きっと、出世に影響するからでしょう？」

「だったら、はじめから手を出したりしなければいいのにね。もっとも、課長と女事務員というのは、どこにでもザラにある話だけど。」

「………」

「ザラにあるけれども、当人たちにとっては真剣な問題だというわけね。」

「………」

「別れられる？」

「そりゃア別れた方がいいにきまっているんだけど。」

「別れられないのね。」

「自分でもよくわからないのよ。」

一代は、投げやるようにいって、ジンフィーズに口をつけた。

渋谷のバー「朝子」。

マダムの朝子は、一代のクラスメートであった。一年ほど前、一代は、この辺を歩いていて、朝子と会い、このバーのマダムになっていることを知ったのであった。もっとも、朝子は、四年ぐらい前からこういう世界で働いているのだし、ちゃんとしたパトロンがあった。

一代は、課長の落合英二といっしょに月に二回ぐらい顔を出すようになっていた。

一代は、落合とホテルへ行くようになったことを今では後悔していなかった。しかし、ときどき、思うことがある。

（もし、片岡さんに失恋していなかったら？）

恐らく、落合ともそういう関係にならなかったろう。しかし、片岡敏夫は、いったんは結婚の約束をしながら、結局、親のすすめるもっと金持ちの家の娘と結婚してしまったのである。

一代が夜更けの庭で、一人で泣いていて、父親に見られたのは、その頃であった。

それから三カ月程して、一代は、落合とホテルへ行くようになってしまった。前々から落合が自分に対して、好色の目を光らせていたことは感じていたのである。好かれているというぬ惚れが一代にあった。しかし、片岡と結婚することにきめていた一代にとって、そういうことは問題にならなかった。

しかし、片岡に失恋してからは、なかば自暴自棄になりかけていた一代は、一夜、落合に誘われるがままに酒を飲みに行き、結局は、酔いつぶされたようなかたちになってしまったのである。一代は、落合を憎んだ。しかし、憎みつつしだいに魅かれて行く自分をどうにも出来ないでいた。一切の縁談に耳を傾けなかったのも、そのせいであった。

（あたしは、こんなことをしていていいのだろうか？）

そういう不安も、落合をあきらめる決心にはならなかった。自分でも情ないくらいだった。時には、落合の妻に申しわけない、と思うことだってあったのだが……。

落合が、別れようか、といい出したのは、昨夜であった。しかし、落合は、こうもいったのである。

「君がこの会社でなく、よそに勤めているのならよかったのだ。」

まるで、そうしてくれといわんばかりの口吻でもあった。一代は、その虫のよさに憤慨したのである。

「ねえ。」

一代は、マダムの顔を見ながら、

「百万円ぐらいで、何か、あたしに出来る商売がないか知ら？」

ジャンケン

——

「百万円？」

マダムは、おどろいたように一代の顔を見つめた。一代は、すこしあかくなりながら頷いて、

「ほんとうは、八十万円ぐらいがいちばんいいんだけど。」

「会社を辞めるつもり？」

「辞めたくなったのよ。」

「落合さんの影響？」

「かも知れないわ。」

「すると、その八十万円か百万円の資金を落合さんが出してくれるわけね。」

「とんでもない。あの人は、一文だって出すもんですか。それに、あたしは、出してほしくないわ。やる以上は、自分一人の力でやりたいのよ。」

いいながら一代は、ひょっとしたらそういうことから落合と別れられるのではなかろうか、と思っていた。落合には、まだたっぷり未練がある。しかし、昨夜のようなことをいい出すようでは、落合が逃げ腰になっていることは明白である。早晩、別れなければならないものとしたら、早い方がいいのだ。今のうちなら、却って、泣いたり喚いたりしないで別れることが出来そうな気がしていた。その方が後味がいいに違いない。思い出しても、不愉快にならないですみ、そこはかとない哀愁の思いを生涯に残すことが出来るのではなかろうか。

しかし、今のままで会社にいたのでは、別れることは不可能であろう。毎日、顔を合わせ

ているのだし、落合が逃げ腰になればなるほど追っかけるというような醜態を演じないとも限らない。散散嫌味をいわれながらホテルへ連れていって貰うのでは、女としてもみじめ過ぎる。人間が卑屈になる。卑屈になっても、いつかはその苦労が酬いられるのならかまわないが、先ずその見込みはない。あげくは、落合から白眼視され、邪魔物扱いにされ、こっちだって、落合を恨むようになるのがオチであろう。

（あたし、会社を辞めるわ）

さっき、マダムに百万円で出来る商売がないか、といったのは、一代の思いつきのようなものであったが、今は、はっきりとそう決心をつけた。そのことは、一代の第二の人生へ踏み出そうとの意欲の現われでもあったろうか。

（でも、お父さんが何んとおっしゃるか知ら？）

これからはじめる商売にもよるが、十中の九は反対されるだろう。そして、そのことは当然なのである。会社を辞めるのだったら、吉井夫人のすすめる三十二歳の男と見合いをしろ、といわれるに違いない。しかし、一代は、当分の間、だれとも結婚したくないのであった。とうていそんな気持ちにはなれない。やがては、結婚するにしても、そうなるまでにある歳月が必要なのである。そのためにも、ここらで商売を始めておく方がいいのだ。

（既成事実をつくってしまってからお父さんにいうわ）

一代は、更にそういう決心をした。自分でもびっくりするような大胆さであった。しかし、そういう大胆な決心がつけられたのは、父親から五十万円というまとまった金を貰っているからなのである。その五十万円によって、一代は、幸せになりたいのであった。

「では、だれか別にそんな大金を出してくれる人があんたに出来たの？」

マダムは、ある想像をしたようであった。

「よして頂戴。あたし、父から五十万円を貰ったのよ。」

一代は、そのいわれを話した。

「へええ、あんたのお父さんて、ちょっと変ってるのね。」

「いいえ、合理的なのよ。そのほかに、あたしの貯金が十五万円あるのと、七年間勤めた退職慰労金が十五万円ぐらいある筈だから、合計八十万円。」

「八十万円あったら、何んとか出来そうだわね。」

「何か、考えてみて。あと十万円ぐらいだったら、いちばん末の妹から日歩十銭で借りられそうだわ。」

「日歩十銭？」

「妹は、会社で、そういうことを始めたらしいから。」

「ちゃっかりしてんのね。」

「それでいて、平気なのよ。あたしなんかとは、まるで時代が違うみたい。」

マダムは、一代のために考えてくれているようだったが、そのうちに、ハッと思いついた

顔で、

「あんた、喫茶店のマダムにならない？」

「まア、喫茶店のマダム？」

「そうよ。」

「そんなこと、考えもしなかったわ。第一、経験もないし。」

「経験なんているもんですか。あんたみたいに美しかったら、結構、あんたを目あてにくる客だって出来てくるわ。」

「まさか。」

「あたし、保証してもいいわ。」

「ほかの商売がない？」

「では、酒場のマダムが出来て？」

「もっと、困るわ。」

「でしょう？　それとも、八百屋さんがやれる？」

「……………」

「雑貨屋がやれる？」

「……………」

「結局、喫茶店のマダムなんか、気苦労が多いにしても、いちばん手頃なのよ。見た目にも綺麗だし。」

「わかったわ。どこかに、心当りがあるの？」

「ええ、一つ。ここから近いんだけど、その喫茶店のマダムは、あたしと知り合いなんで、先日、店の権利を売りたいようにいっていたわ。」

「いくらぐらいで？」

「たしか、七十万円でとか。」

「七十万円。」

「居抜きのままだから、新しく道具類を買う必要がないわ。それに、従業員だって、当分は、今のままの人を使っていけばいいかららくちんよ。」

「それもそうね。」

「今、割合いにはやってる店なのよ。もっとも、あんたがやるとなったら、店の名は変るのだし、多少店内の改装が必要ね。五万円もみておけばいいわ。」

「七十五万円ね、それで。」

「家賃は、二万五千円、前払いだからその二万五千円と、そのほかに家主へのお礼が一カ月分で合計五万円。」

「八十万円。」

「それに運転資金やなんかで、どうしても十万円の現金を持っていないと心細いわねね。だけど、その十万円は、妹さんから日歩十銭で借りておけばいいでしょう？」

「そりゃアそうだけど。」

「とにかく、日銭が入るんだから強いわよ。あたしんとこなんか、売り掛けが百万円ぐらいあるのよ。」

「まア、百万円も？」

「だから、その回収だけでも大変だわ。喫茶店ならその心配はないし。」

「………」

「思い切って、やってみない？」

「………」

「ここから近いんだし、あたし、うんと応援してあげるわよ。」

「………」

「それに、喫茶店のマダムをやっていれば、落合さんなんかよりもっと素晴らしい、そして、結婚の可能性のある男性が見染めてくれるかもわからないわ。」

一代は、否定的に苦笑した。しかし、そのとき、何んとなくそういう空想をしていたのである。が、その一方で、喫茶店なら、落合は、いつだって来たいときにこれるのだ、ということも考えていたのだった。一代の落合への断ち切り難い未練のせいだったろうか。

「とにかく、その店へこれからいっしょに行ってみない？」

「あなた、かまわないの？」

「いいわよ、まだ、ヒマだし。」

事実、時間が早いせいか、二組の客がいるだけであった。女給を相手に、結構愉しそうに飲んでいた。マダムにとって、それほど大事な客でもなさそうだった。

「では、そうお願いしようか知ら。」

「いいわ。」

やがて、二人は、外へ出た。渋谷の繁華街は、目の前にあった。歩きながら一代は、どんな店であろうかと胸をときめかしていた。それよりも、自分の決心一つで、明日からでも運命が急転するのだと、そのために胸が二重にときめいてくるのであった。

すこし歩いて、右へ曲った。そこにもたくさんの人が通っていた。バー、喫茶店、食堂などが並んでいた。そこから、更に左へ折れて二軒目の前で、

「ここなんだけど。」

と、マダムがいった。

二間間口の小ぢんまりとした喫茶店であった。二階建で、二階は、設計事務所になっていて、まだ仕事をしているらしく、あかあかと電灯が点いていた。喫茶店の半間幅の扉には、純喫茶ルビーと書いてあった。一代は、それを見ているうちに、この扉の色を朱一色にすることを考えた。そして、店の名を「赤いトビラ」とするのである。早くも、一代の気持ちは、

この店の権利を買い取ることに傾きかけているようであった。

「入ってみるでしょう?」

「ええ。」

マダムが先に立って、中へ入った。さして広くなかった。が、入るとすぐ左にカウンターがあって、その前でもお茶が飲めるようになっていたし、五つのテーブルがおいてあった。三組の客がいて、若い男女ばかりであった。一代の第一印象は悪くなく、更に心が傾いた。

カウンターの中にいた中年の女が、

「いらっしゃい。」

と、マダムに笑顔でいった。

マダムと一代は、カウンターの前の椅子に腰を掛けた。

「コーヒーをね。」

マダムは、いっておいてから低い声で、

「もうこのお店、売れた?」

「いいえ、まだ。だけど、二、三の申し込みがあるんだけど。」

「だったら、この人に譲って上げて。あたしのクラスメート、三沢一代さんよ。」

喫茶店のマダムは、一代を見た。一代は、会釈をした。そして、やがて自分も、この人のように、このカウンターの中で、客のサービスをしたり、お金を受け取ったりするだろう、と思っていた。

一人の客が入って来た。マダムが見て、

「あら、杉本さん、まだいたの？」

と、親しそうにいった。

つい、一代は、振り向いた。三十歳ぐらいの男であった。

「そう。今夜は、十二時頃までかかる。コーヒーを濃くしてね。」

その男は、そういいながら一代を見た。一代は、別に理由もなく、その男は、この喫茶店の二階にある建築事務所で働いているような気がしていた。かりに、一代がこの店のマダムになったら、二階と一階のよしみで、やっぱり来てくれるだろう。客は、大事にしておかねばならぬ。一代は、そういう意味で目礼をした。その男は、いぶかるように一代を見て、ふっととまどったようであった。

二

丸の内のKビルの屋上には、今日も早春の陽光がさんさんとして降り注いでいた。

昼食の休憩時間。志奈子は、昼食をすますと、すぐに屋上に上った。しかし、本間も、尾崎も、そして、久保も、まだ姿を見せていなかった。今日は、かねて頼んであった十七万円の投資方針について、それぞれの意見を持って来てくれることになっているのであった。果して、どういう案を持ってくるか、ちょっと愉しみになっていた。

しかし、志奈子は、手すりにもたれて下の方を覗きながら、

（ひょっとしたら、お父さんは、再婚なさるかもわからないんだわ）

と、思っていた。

昨夜のことである。すこし遅く帰って来た姉の一代が、

「あらたまって、みんなに相談があるんだけど。」

と、四人の妹たちにいった。

父親は、夕食後一人で駅前の映画館へ出かけて行って留守だった。四人は、いっせいに一代へ視線を集めた。

「あたし、さっきそこで、お隣の吉井の奥さんにお会いしたのよ。」

吉井夫人は、そういう機会を待っていたように走り寄って来て、

「お父さんからあなたのお見合いの話、聞いてくれた？」

と、いい出したのであった。

「聞きましたわ。いろいろとすみません。」

「すると、一度その人に会ってくれる？」

「あたし、まだ父にもいってないんですけど、実は、別に……。」

「まア、そうだったの。それなら仕方がないわね。」

「父には、当分の間、内緒にしておいて頂きたいんですけど。」

「わかっていますよ。」

「父がいってましたけど、父にもお話があったとか。」

「そうなんですよ。三十五歳の未亡人で、中学生になる男のお子さんが一人あるんですが、あたしは、いいんじゃアないか、と。でも、お父さんは、頭から問題にならないようにいってらっしゃったから。」

「それは、どういうお方なんでしょうか。」

「五年前にご主人に亡くなられて、今は、実家といったところで、お兄さんの代になっているんですが、そこに厄介になっているんですよ。ところが、嫁や小姑があって、どうにも居辛いらしいんですね。」

「わかりますわ。」

「はじめのうちは、一生未亡人として暮す決心だったらしいんですけど、経済上の問題やらあれやこれやで、いい人があったら再婚してもいい気におなりになったんです。」

「わかりますわ。」

一代は、落合とのことが破局に近づいているので、ともすれば、気持ちが沈んでいる。それだけに、そういう境遇の人の悲しさに、人一倍の同情を覚えるのであった。

「あたしの友達がその人と親しくしているので、そういうことから、あたしは、あなたのお父さんにどうかと思ったんです。」

「……」

「あたしも二度ほど、その人にお会いしてますが、本来は気性の明るい人なんですよ。あの人なら、お父さんにすいせんしても間違いないだろうと思ったんです。」

「あたしの方には、女ばかり五人の子供がいることをご存じですの？」

「勿論、一応、お耳に入れてあります。その人は、あなたがたさえよかったらかまわないようでした。いいえ、却って、張り合いがあるし。」

「張り合い？」

「きっと、お嫁入りの世話がして上げられるということでしょう。差し詰め、一代さんなんか、真ッ先でしょう？」

「さア、どうですか。」

一代は、軽く笑っておいて、

「父の気持ちの問題ですが、その前に、あたしたちの意見をまとめてみますわ。あたしは、父の再婚には反対しません。だけど、一人でも二人でも反対する妹があると、やっぱり、うまくいかないと思うんです。」

「そうですとも。」

「もし、みんなの意見が賛成ときまったら、あたしから父にいってみます。そのとき、父は、何んというかわかりませんが、再婚する気になったら、あらためてお願いに上りたいんですが。」

「ええ、かまいませんよ。」

「よろしくね。」

「実をいうとね。」

吉井夫人は、くすっと笑っておいて、

「その人は、すでにお父さんをご覧になっているんですよ。これは、その上での話ですからね。」

「まア、そうでしたの。」

「ですから、お父さんは、見染められたようなもんなんですよ。」

「嫌ですわ。」

「ほッほッほ。」

吉井夫人は、気楽に笑った。しかし、一代にとって、かならずしも笑いごとではなかったのである。何んとなく、胸にコチンと応えるものがあった。だからといって、父の再婚に反対ではないのである。そのかわり、自分は、喫茶店のマダムになる決心でいた。いや、その決心が、父の再婚に積極的に動いてみよう、という気を起こさせたのかもわからないのである。一代は、すでに渋谷の喫茶店の権利を買う口約束をして来ていた。明日中に手付金として十万円を持って行くことになっていた。

一代は、以上の話のうち、自分に関することは省略して話した。

四人とも顔を見合わせるばかりで、だれも口を切らなかった。この二、三日、父の再婚のことは、話題になっていたのだ。しかし、実現性のない話題という先入観のあったことは否めないのである。が、話が具体化してくると、軽軽しい発言は差し控えねばならなくなってくる。ということは、積極的には賛成したくないのだ。父親は、あくまで自分たちだけの父親であってほしかった。その方が亡くなった母親にとっても嬉しいに違いない。更にいえば、中学生の男の子との間がうまくいくかどうかという疑念があった。

「お父さんに、そんな気があるのか知ら?」

志奈子が不満そうにいった。

「あたしは、ないと思うわ。」

五百子がいった。一代は、

「でも、そのことは、お父さんに聞いてみないことには……。あたしは、ないとはいえないと思うの。今夜だって、一人で映画にいらっしゃるなんて、結局は、淋しいからだと思うのよ。」

「あら、お父さんは、五人も娘がいて、淋しいか知ら?」

五百子は、不満そうにいった。

「五百子ちゃんは、恋人がほしくない？」

「そりゃアあった方がいいわ。」

「お父さんやあたしたちがいても、そう思うでしょう？　それとおんなじよ。お父さんには、娘だけでは満足出来ない淋しさがあるに違いないわ。五百子ちゃんなんか気がついているかどうかわからないけど、お父さんたら、ときどき、何んともいえないような淋しい顔をしていらっしゃることがあるわよ。恐らく、あたしたちがみんなお嫁に行ったあとのことを考えていらっしゃるからだと思うわ。」

五百子は、この前、そういう説に対して、自分が老後の面倒を見るといったのだが、今日は、その主張を取りやめた。その後、考えてみたら大変なことであるとわかったのである。しかし、父親がそれを希望するならば、という程度の気持ちなら、まだ捨てていなかった。

「あたし、一代お姉さんにまかせるわ。」

三也子がいった。もともと、三也子は、いつだって、父親の再婚に賛成して来たのである。

「どうも、有りがとう。」

一代は、いっておいて、他の三人に、

「意見があったら、今のうちにいって。ただし、あたしの考えというのは、五人が全部賛成というのだったら、そのことをお父さんにいって、お見合いをすすめてみるの。そして、お父さんが、その気におなりになったら、あたしたちもいっしょにその席に出るのよ。」

「まア、あたしたちも？」

二美子がいった。しかし、二美子は、はじめから賛成してもいい、と思っているのであった。長田吉夫と婚約しているのだし、この家から出るのは、自分がいちばん早いだろう。あとのことなんか、正直にいって、どうでもよかったのである。

「だって、当然でしょう？　お父さんも気に入り、あたしたちも反対でないときまって、はじめて円満に事が運ぶ問題なんだもの。」

「そうね。その人がいい人であっても、中学生の男の子が、妙にひねくれた子であったら困るものね。」

志奈子がいった。一代は、

「もうじき、お父さんがお帰りになるわ。みんなの意見をいって。三也子ちゃんは賛成ときまったのね。」

「はい。」

「二美子ちゃんは？」

「まかせるわ。」

「有りがとう。志奈子ちゃんは？」

「反対しないわ。」

「もっと、はっきりおっしゃい。」

「賛成にします。」

「五百子ちゃんは？」

「賛成。」

「よかったわ。何んだか、みんなに無理強いをしたみたいで悪かったけど、ごめんなさい。だけど、結局は、あたしたちのために、人一倍苦労して来て下さったお父さんのためなんですからね。」

四人とも、わかっています、というように頷いてみせた。

「近いうちに、あたしからお父さんに、今日のことを話してみますから。」

一代がそういったとき、玄関の戸が開いて、父親が帰って来たので、その話は、打ち切られた。父親は、お土産におすしを買って来ていた……。

三

うしろで、くすくすと笑う声が聞えた。志奈子が振り返ると、そこに、尾崎、本間、そして、久保の三人の顔が揃っていた。

「あら。」

志奈子は、不意をつかれたようにあかくなった。

「何を考え込んでいたんだ。僕たちは、さっきからここに立っているのに、ちっとも気がつかない。」

　久保がいった。

「重大なことよ。」

「すると、僕と結婚することか。」

「こら、久保。厚かましいぞ。」

　尾崎がいうと、本間も、

「そうだよ、厚かまし過ぎる。」

と、同調した。

　志奈子は、あらためて、三人の顔を見まわして、

（あたし、結婚するとしたら、この三人のうちのだれかとしそうだわ）

と、思っていた。

　しかし、そんなことはおくびにも出さないで、

「あのこと、考えて来てくれたでしょ？」

「勿論。」

　久保は自信ありげにいった。

「いって。」

「僕から先に？」

「かまわないでしょう？」

「そりゃアかまわないが、先にいって、せっかくの名案を、この二人に盗まれるとまずいからな。」

「盗むとは、失礼だぞ。僕なんか、絶対の名案を持っているんだ。」

本間がいうと、尾崎も、

「こう見えても、僕だって。」

と、負けていなかった。

「面倒臭いのね。だったら、そこでジャンケンをして、負けた人から先にいって。」

三人は、志奈子にいわれた通りジャンケンをした。先ず、久保が勝ち、負けた二人のうち、尾崎が勝った。

「本間さんからよ。」

「よーし。僕の案は、食品株と建設株にあると思うんだよ、これからは。しかし、値上りは、建設の方が大きいに違いない。建設の中では、事業内容の優秀なM建設をすすめる。昨日の終値が三百二十五円であったのに、さっき電話で聞いたら、もう五円上っていた。だから、M建設五百株。」

「M建設五百株ね。尾崎さんは？」

「僕は、Tゴムだ。」

「Tゴム？」

志奈子は、意外な顔をした。しかし、尾崎は、自信ありげに、

「僕が確実な筋から得た情報によると、Tゴムは、買い占めにかかられているんだ。まだ、一般には知られていない。そこが狙いなのだ。Tゴムは、この一カ月間に五十円も上って、百八十円だ。恐らく、三百円ぐらいまでいくだろう。だから、Tゴムを千株。」

「わかったわ。次は、久保さんよ。」

「僕の案はだね。」

久保は、ちょっとためらってから、

「投資信託だ。」

「あら、それが名案なの？」

志奈子は、ガッカリしたようにいうと、久保は、

「これでも、いろいろと考えた結果なんだ。ただし、O証券の投資信託だ。ここの値上り率は、だいたい最高だ。かりに、僕に十七万円があったらそうする。」

「わかったわ。」

「勿論、僕たちのいった通りに買うんだろうね。」

「約束ですもの。」

「そうすると、いちばん有利だった回答を出した者への接吻は、いつさせてくれるんだ。」

「あら、覚えていたの？」

「勿論。」

「勿論。」

「三カ月後でどうお。」

「いいとも。」

「いいとも。」

三人は、顔を見合わせて、ニヤリと笑った。しかし、その目の中には、三日前になかったライバル意識が燃え上っているようであった。それを見たとき、志奈子は、

（あたしは、間違っているのではなかろうか）

と、閃くように思った。

三人に投資についての案を求めたことではなく、最有利な案の提供者に接吻をさせると約束したことがであった。接吻なんか、どうでもいいのだ、と考えることも出来るのだ。しかし、そうでないともいえる。いちばんいいのは、その接吻した人と結婚することなのである。しかし、果して、そのような気持ちになれるかどうか……。

四

「これが昨日借りた二千円の借用証だよ。」

広瀬がいった。

「たしかに。これで、広瀬さんは、六千円ですからね。」

五百子がいった。

「わかっている。あと千円ぐらい借りたいと思っているんだ。」

「もうダメ。」

「利息は、払うんだよ。」

「でもダメ。」

五百子は、あっさりいってから、

「昨日おっしゃってた十万円は、どうなさるの？」

「出来たら一日も早い方がいいんだ。昨夜、君と別れてから今関ともいろいろ話したんだが、早急にアパートを探して、見つかりしだい結婚してしまおう、と。わかるだろう、二人の気持ち。」

五百子は、頷いた。金が貸して貰えるとわかって、涙ぐんでいた野田清子の顔が目の底に残っていた。はじめのうち、五百子は、今関と清子を無意識のうちに債権者のような立場から眺めていたのだが、いつか、そういう恋人同士の姿を羨ましい、と思うようになっていたのである。

（あたしには、まだ恋人がないんだわ）

十九歳なら恋人があってもおかしくないのだ。まして、父親が再婚するかもわからないとなったら、その淋しさをまぎらわすためにも、恋人の一人や二人はあった方がいいのである。しかし、見まわしたところ、そこらには、五百子の恋人になりそうな男性は見あたらなかった。すぐ目の前に、広瀬がいるけれども、こんな浪費癖のある男は、敬遠しておいた方が無難なのだ。でないと、そのため、一生苦労しなければならないかもわからないのである。

「あたし、ここに十万円を用意していますけど。」

「だったら、すぐ貸して貰えないだろうか。僕は、今夜のうちに今関にわたしてやる。」

「借用証は？」

「今夜、今関から貰ってくる。そして、明日、君にわたす。」

「それまでの間よ。」

「僕の借用証を入れておくよ。だったらいいだろう？」

「そうね。では、すぐ書いて頂戴。」

広瀬は、十万円の借用証を書いた。五百子は、それと引き換えに、

「はい。」

と、十万円をわたしかけたのだが、急に引っ込めてしまった。

「どうしたのだ。」

広瀬は、手をだしたままでいった。

「何んだか心配になって来たのよ。この十万円が、永遠にあたしのところへ戻ってこないような。」

「そんなことあるもんか。第一、僕が全責任を持つといっているんだよ。」

「その広瀬さんは、すでにあたしから六千円を借りているんだし、たよりないわ。」

「今頃になって、そんなことをいい出すのは殺生だよ。」

「だけど、あたしのこういう気持ちもわかるでしょう？」

「そりゃアわからんこともない。しかし、こう見えても、僕という男は、約束だけはまもるんだよ。」

「能力の問題よ。」

「とにかく、頼む。」

広瀬は、両手を合わせた。五百子は、十万円と広瀬の合掌を見くらべていたが、やっと決心がついたように、

「はい。」

「たすかったよ。今となって君から断わられたら、僕の面目がまるつぶれになるところだっ

た。」

「もし、回収不能になりそうだったら、あたし、広瀬さんの月給を差し押えるわよ。」

「ああ、いいとも。そうしたら、あらためて君に借用証を書くから。」

「もう貸さないわ。」

「君は、そんなに僕を信用していないのか。」

「そうじゃなく、昨日からいろいろと考えたんだけど、会社でお金を貸したりするの、よそうと思うの。」

「どうして？」

「家で叱られたから。」

「すると、この十万円は？」

「特別よ。最後の貸金にしておくわ。」

「そうなると、僕なんか、せっかくあてにしていたのに、今後、不自由になるなア。」

「だけど、あたしの知ったことじゃないでしょう。」

「冷たいんだな。」

広瀬は、残念そうにいったが、五百子は、もう相手にならなかった。

五百子は、今後、金貸しをやめようと思ったのは、家で叱られたからでもあるが、さっき、広瀬に十万円をわたしたときに覚えた悪い予感のせいでもあった。勿論、どんな手段を講じてでも回収する決心ではいるが、しかし、そういう面倒は、金貸しなんかするから起こることなのである。更にいうと、今日、会社の更衣室で、先輩の女から、

「あんた、日歩十銭で、社員にお金を貸すんですって？」

と、皮肉をいわれたのである。

「そうですわ。」

五百子は、負けずにいい返した。

「いい度胸ね。まるで、高利貸しみたいじゃアありませんか。」

「まア、高利貸しですって。」

「いいえ、みたいというのよ。」

周囲の何人かの女が、冷たい目で五百子を見ていた。五百子は、癪に障ったから、

「あたしの勝手でしょう。」

と、いって更衣室から飛び出して来たのだが、すこし憂鬱になっていたこともたしかなのである。

「きっと、そういう方法で、男たちの人気を集めたいんでしょうよ。」

五百子のうしろからそんな声も聞えた。五百子の思いもよらなかったことであった。そしそして、そういう的はずれの非難になら、五百子は、堪えられるのである。

しかし、あれこれと考えてみると、五十万円を持って以来の自分は、金の亡者になってい

るように思われるのであった。今のうちはまだいいとしても、これが病気のようになっては困るのである。父親がいっていたように、人間が下品にならんとも限らないのだ。五百子は、それを恐れた。

（でも、あたしの手許には、まだ三十九万円が残っているんだわ）

それをむざむざと銀行に預けておくのも勿体ないような気がする。金貸しをやめても、別の方法でふやしたかった。

（そうだわ、志奈子姉さんに相談してみよう）

五百子は、そのように決心して、やっとほっとしたとき、卓上電話のベルが鳴った。五百子が電話口に出ると、一代からであった。

「あら、どうなさったの？」

「五百子ちゃんに、特別にお願いがあるんだけど、きいてくれる？」

「どういうことですの？」

「ちょっと、いいにくいんだけど。」

「いいわよ、お姉さん、いって。」

「あたしに十万円ほど貸してくれない？」

「まア、十万円？」

五百子は、思わず声を大きくした。広瀬は、ちらっと五百子の方を見た。

「勿論、日歩十銭を払うわ。」

「困ったわ。」

「あら、どうして？」

「あたしね。今日限りで、金貸しをやめたのよ。」

「そう……。」

一代は、途方に暮れているようだ。

「お姉さんは、あの五十万円をどうなさったの？」

「持っているのよ。だけど、そのほかにどうしても十万円ほどいることが起きたのよ。」

「どういうことで？」

「…………。」

「今は、いいたくないの。でも、十日もたったら、何も彼もはっきりいえると思うわ。」

「ねえ、何んとかならない？」

「…………。」

「お姉さんの一世一代のお願いなのよ。」

一代の口調には、必死の思いが籠められているようであった。理由をいわないで貸してくれでは、虫がよすぎるのである。それに五十万円を持っているのは、自分だけではない。他の三人の姉も、それぞれ持っているのだ。五百子は、それをいいたかった。しかし、いえなかった。五百子は、一代が大好きなのである。それにしても、金貸しを廃業した直後の、こういう大口の申し出を、しかも肉親から受けようとは皮肉であった。

「どうしても嫌なんなら仕方がないけど。」

「いいわ、お姉さん。」

とうとう、五百子は、いってしまった。

「ほんと？」

一代は、声を弾ませて、

「恩に着るわよ、五百子ちゃん。だけど、このことは、だれにも内緒にしておいてね。」

と、つけ加えてから電話を切った。

――一代は、五百子に十万円の約束が出来たことで、辞職願を書く気になった。それを書きながら、この会社に勤めてからの七年間のいろいろの出来事を思い出していた。流石に胸に迫るものがあった。ともすれば、目頭が熱くなって来そうであった。しかし、今は、そういう感傷にひたっているときではないのである。あくまで、第二の人生を踏み出すのだという決意のもとに、勇気をふるい起こさねばならないのだ。

一代は、辞表を書き終ると、それを封筒の中に入れた。課長の落合英二は、煙草を吹かしていた。一代は、立っていって、その封筒を黙って、課長机の上に置いた。

「何んだね。」

落合がいった。

「辞職願でございます。」

一代は、冷静をよそおいながらいった。

全員賛成

一

一代は、夜の道をわが家へ急ぎながら、

（二週間後には、あたし、喫茶店のマダムになるんだわ）

と、思っていた。

すでに、その度胸がきまっているつもりだった。さっき、クラスメートである渋谷のバー「朝子」のマダムといっしょに、売りに出ている喫茶店「ルビー」のマダムに会いに行き、十万円の手付金を渡して来たところなのである。その領収証は、一代のハンドバッグの中に、ちいさく折りたたんで入れてあった。

「たしかに。」

喫茶店のマダムは、その十万円を受け取ると、

「契約書は、明日のうちにつくっておきますから。」

「お願いします。」

「ここを空け渡すの、一週間待って下さいますね。」

「結構ですわ。」

バーのマダムが、

「すると、それから改造のために一週間はかかるとして、開店までにあと二週間ね。」

一代は、万事のことは、バーのマダムに頼んであった。新しいマッチをつくることも、入口の扉を朱一色にして、店の名を「赤いトビラ」にすることも……。

家主への挨拶は、別に行くことになっていたが、この方は、すでに喫茶店のマダムからだいたいの諒解が得てあるから問題がない筈だった。

七十五万円のうちの残金の六十五万円は、空け渡しのときに払うことになっていた。その方の金の工面は、もう出来ていた。父親から貰った五十万円、退職慰労金が十五万円、貯金が十五万円で、合計八十万円。そのほかに、五百子から十万円を日歩十銭で借りる約束も出来ている。その十万円は、今夜、五百子が内緒でわたしてくれることになっている。

喫茶店で、金の受け渡しがすんだところへ、また、昨夜の杉本が入って来た。

「いらっしゃい。」

喫茶店のマダムがいった。

杉本は、そういってから、一代を見て、おやと思ったようであった。一代から目礼されたことを覚えていたのであろう。こんどは、杉本の方から目礼をした。一代は、それを返した。

「杉本さん、ちょっと。」

喫茶店のマダムが呼んだ。

「何んですか。」

いったんテーブル席に着きかけた杉本が、近寄って来た。

「このお店、売れたわよ。」

「そう。しかし、残念だなア。せっかく、わがままをいわせて貰ったのに。」

「大丈夫よ。あたしのかわりに、この人がいらっしゃるんですから。」

杉本は、一代を見て、

「どうか、よろしく。」

「いいえ、こちらこそ。」

「杉本さんは、この二階にある建築事務所に勤めていなさるんですよ。」

「やっぱり……。」

「やっぱり?」

喫茶店のマダムは、聞き咎めるようにいった。一代は、すこしあかくなりながら、

「いえ、昨夜、何んとなく、そんな気がしたもんですから。」

「だったら、縁があったというわけね。」

喫茶店のマダムは、わかったようなわからぬようなことをいってから、

「こちらは、三沢一代さん。こんな商売は、はじめてなんですって。今は、H不動産にお勤めなんですよ。」

「それなのに、どうして？」

そこまでいってから杉本は、気がついて、

「どうも、失礼。」

と、頭を下げた。

「いいえ。」

「僕は、杉本五郎です。これからも、ときどき、お世話になると思います。」

「ぜひ。」

一代は、半分だけ喫茶店のマダムになっているような気分でいった。

「ところがね、三沢さん。この杉本さんたら、ここが喫茶店だということを忘れることがあるらしいんですよ。」

「それをいわれると弱いんだ。」

「だけど、聞いておいて貰いなさい。腹が空いたから、ライスカレーを取ってくれとか、天

丼を取ってくれとか、でしたわね。」

「もういいませんよ。」

「そういうことが出来るんですの?」

一代がいった。喫茶店のマダムが、

「そりゃア出来ますよ、近くのお店から取って上げればいいんですからね。」

「だったら、どうぞ。ぜひ、そういうサービスもさせて頂きますから。」

「そりゃア有りがたい。」

杉本五郎がいったのと、

「あんた、その調子よ。喫茶店のマダムに及第だわ。あたし、保証して上げる。」

と、バーのマダムがいったのと、殆ど同時であった。

ために、四人とも声を出して笑い、打ち融けた気分になった。喫茶店のマダムは、思いついたように、

「どうせ、内部の改装をするんでしょうから、いっそ杉本さんに頼んだら?」

と、いい出した。

「やらせてくれますか。」

杉本が乗り気らしくいった。一代は、バーのマダムに、

「どうか知ら?」

「お願いしてみたら？　上と下なんだし、その方が監督も行き届いていいわよ。」

「だったら、お願いしてみようか知ら？　ただし、予算は、五万円しかありませんのよ。」

「五万円……。」

「すくなすぎますか。」

「どうも……。」

杉本は、店内を見まわした。すでにして、あれこれと考えているような横顔であった。意志の強そうな印象である。こういう印象は、一代を振って、金持ちの娘と結婚した片岡敏夫にも、そして、一代が目下別れようと思いながら別れられないでいる課長の落合英二にもないものであった。

「あたしの条件としては、入口の扉を朱一色にして、店の名を赤いトビラとすることだけなんです。」

「赤いトビラ……。」

「おかしいでしょうか。」

「いいえ、新鮮でいいと思いますよ。」

「だったら五万円で、やって下さいません？　そのかわり、ライスカレーでも、鰻丼でも、特別サービスいたしますわ。」

杉本は、苦笑した。しかし、結局、何んとかやってみましょう、といってくれたのである。

一代は、肩の荷を一つ、おろしたような気分になることが出来た。

そこを出てから、一代は、バーのマダムの店へ寄った。

「たすかったわ。これも、みんな、あなたのお蔭よ。」

「そんなこと……。だけど、何んとなく幸先《さいさき》がいいと思わない？」

「どうして？」

「杉本さんのような人にお会い出来て。」

「そうね。」

「杉本さんは、独身か知ら？」

「さア……。」

「聞いてみればよかったわね。」

「……。」

「あたし、さっき、横で見ていて、杉本さんが独身なら、あなたにちょうどいいんじゃアないかと思っていたのよ。」

「よしてよ。」

「別に、よす必要がないと思うけど。」

「考えてもみて。落合さんとあんなことをして来たあたしに、そういう結婚は、考えられる？」

「かまわないでしょう？」

「あたしの方がかまうわ。だからこそ、あたし、喫茶店のマダムになる決心をしたんじゃアありませんか。」

「だけど、一生今のままで、喫茶店のマダムをしているつもりではないでしょう？」

「そりゃア。」

「それとも、落合さんに、まだ、未練があるの？」

「ないと思ってらっしゃるの？」

「あら、開き直ったわね。」

「でもないんだけど。」

一代の態度は、たちまち、弱弱しくなった。辛そうであった。そんな一代を、マダムは探るような目で見ていた。

二

今日、一代が会社で、落合の前に、

「辞職願でございます。」

と、冷静をよそおいながら封書を出したのである。

「辞職願？」

落合は、流石に信じかねたようであった。急いで、封筒の中身を引き出して、それが自筆の辞職願であることに間違いないとたしかめると、一瞬、ほっとしたような顔をしたのである。一代は、冷たい目で、それを見逃してはいなかった。

(喜んでいるんだわ)

憎らしかった。しかし、落合にしてみれば、会社で噂の立ちかけているのを気にして、

(君がこの会社でなく、よそに勤めているのならよかったのに)

と、暗にそういうことを仄めかしたのは、昨夜のホテルでであったのである。

その効果は、もう現われて来たのだ。

(この女は、よくよく、俺に惚れているんだな)

落合は、そう思ったようであった。男冥利につきるといってもよかったろうか。落合は、いったんその辞職願を預かっておいてから、一代を別室へ呼び出した。

「どうして、辞めるんだね。」

「辞めたくなったからです。」

一代は、無表情で答えた。

「次のアテがあったのか。」

「別に……。」

「アテがなくて、辞めるのか。」

「だって、課長さんは、それを希望していられるんでしょう?」

「しかし、そうなると、僕は、責任を感じるなア。」

「責任?」

「どこか、よその会社へ世話しようか。」

「心当りがありますの?」

「今は、ないが。」

「だったら、そんなおっしゃり方、無責任でしょう?」

「いや。僕は、無責任ではないつもりだ。これでも、こうなったら一生君の責任を負っていくつもりだ。」

「一生?」

「当然だろう?」

「ということは、一生あたしを今のようにしておくつもりですの?」

「しかし、僕には妻子がいるし。」

「今日限りで、お別れいたします。」

一代は、きっぱりといった。その決意のようなものが顔に現われていた。落合は、狼狽しながら、

「別れるなんて、僕は、嫌だよ。」

「だったら、このまま、この会社に勤めていてもかまいませんの？」

「…………」

「ねえ、かまいませんの？」

「…………」

「それ、ごらんなさい。」

一代は、叩きつけるようにいって立ち去った。落合は、追って来た。逃げられかかっていると知って、急に未練が出て来たのに違いない。一代の肩に手をかけると、

「僕が、どんなに君が好きか、君だって、知っているだろう？」

と、唇を求めて来た。

一代は、それを避けた。

「とにかく、今夜、昨夜のホテルへ行って、よく話し合おう。」

一代は、落合の唇を避け続けていた。落合は、しつようにそれを追いながら、

「いいね、いいね。いいだろう？」

一代は、そんな落合の頬っぺたを殴りつけてやれたら、どんなに痛快だろうか、と思っていた。事実、殴ろうと思えば、いくらでも殴れたのである。落合は、隙だらけであった。しかし、一代は、殴るかわりに、むっとその唇をふさがれていた。そうなってしまうと、抵抗は、目に見えるように衰えてくる。逆に、しがみつきたくなってくるのだが、それだけは我

慢した……。

今頃、落合は、千駄ヶ谷のホテルで、じりじりしながら、一代の現われるのを待っているかもわからない。

(いい気味なのだ)

一代は、落合と、今後そういう関係を繰り返してはならぬ、と思っているのであった。でなかったら、せっかく喫茶店のマダムになる決心をしたことも無意味だったことになる。いや、却って、落合のために、彼の都合のいいようなお膳立てをしてやったことになり兼ねない。こうなっては、そんなのは、嫌だった。だから、落合には、会社を辞めることだけはいったが、喫茶店のことは、オクビにも出さなかったのである。

(でも、そのうち、きっとわかるわ)

わかったら、落合は、早速やってくるだろう。そういう場合でも、一代は、あくまで毅然としているつもりだった。どんな甘言を弄して誘惑しようとしても、拒否してやる。一代は、そういう空想に、ちょっと陶然としていた。しかし、落合が喫茶店のことを知っていても、姿を現わさなかったら、どんなにか淋しいような気もしていた。要するに、一代は、落合に対して未練たっぷりなのだ。

そのことよりも、今の一代にとって、いちばん気にかかっているのは、

(お父さんには、何といおうかしら?)

と、いうことだったのである。

事前に相談したのでは、反対されるにきまっている。だから、既成事実をつくっておいてからと、早早に手付金を打ってしまったのだ。それにしても、所詮、一騒動は、まぬがれないだろう。一代は、それを思うと、憂鬱になってくるのであった。だれか、仲に入ってくれる人がほしいくらいであった。

（お母さんが生きていてくれたら）

しかし、母が生きていたら、一代は、今とはもっと別な道を歩いていたに違いないのである。母が亡くなったのは、八年前なのだ。もし、そういうことがなかったら一代は、二十六歳の今日まで、未婚のままでいるとは考えられないのである。

目の前の喫茶店から二人連れの婦人が出て来た。そのうちの一人が、

「あらあら、一代さん。」

と、呼びかけた。

吉井夫人であったのである。

「今晩は。」

一代は、会釈をした。

「残業でしたの？」

「はい。」

「ちょうどよかったわ。こちらが、この間から、お父さんにどうかとお話ししていた愛沢安子さんですよ。」

一代は、おどろいて、愛沢安子の方を見た。三十五歳なのである。美人とはいえないようだ。しかし、ふっくらとしていて、決してひからびてはいなかった。そのことよりも、一代を見て、ニコニコしているところがよかった。その目は、一代に対して、好意的であった。更にいいのは、ちょっとした女親分の貫禄をそなえているらしいことである。これは、一代の直感だからかならずしもアテにならないが、しかし、一代が咄嗟《とっさ》に思ったことは、(この人は、未亡人として苦労しているのだというし、もし、あたしが何も彼も打ち明けたら味方になってくれるのではあるまいか)

と、いうことであった。

さっき、喫茶店のことで、父親との仲に入ってくれる人がほしい、と思ったばかりなのである。一代は、安子を見ていて、打ち明けたいようなたのもしさを感じた。初対面なのに、自分でも不思議なほど、強い親愛感を覚えた。それが、一代の全身に現われていた。安子の方でも、それが感じられたのであろうか。

「愛沢安子です。どうか、よろしくね。」

安子は、一代の目を覗き込むようにしていったのだが、すこしも厚かましい感じではなく、ひどく好意的であった。

「三沢一代です。こちらこそ、よろしく、お願いいたします。」

「吉井さんを通じて、無理なことをお願いしてすみません。」

安子は、率直にいった。普通には、自分の口からいいにくい筈のところなのだ。しかし、そこにすこしの嫌味も感じられないで、寧ろ、安子らしいしぜんさに満ちていた。

「とんでもない、あんな父に。」

「いいえ、いいお父さんですよ。」

「前から父をよくご存じでしょうか。」

「よくは存じておりませんが、ときどき出勤なさるところを。勿論、お話したことは一度もありませんから、どうか、思い違いをなさらないでね。」

「まア、思い違いだなんて。」

「でも、お父さまのご名誉のために。」

「ほッほッほ。」

一代は、気楽に笑うことが出来た。父の再婚という話が吉井夫人からあったときには、どうしても、父をその人に奪われるのだとの先入観を捨て切れないでいたのである。しかし、この安子になら、奪われるのではなく、預けるのだ、という気持ちになれそうであった。

「あたしの方には、あたしの他に、女の子が四人もございますのよ。」

「その点、あたしの方には、中学生の男の子がありますのよ。」

「アイコというところですのね。」

「そう思って頂けましたら嬉しいんですよ。」

吉井夫人が、

「一代さん、あなた、お父さんに話してみて下さった？」

「まだです。でも、妹たちには、一応話して、賛成して貰ってあります。」

「まア、賛成？」

「はい、この上は、折を見て、父を説得して、お見合いの席へは、みんなで出かけようということになっているのです。」

「結構ですね。」

安子は、とらわれぬいい方をして、

「そんときは、あたしだって、子供を連れて行きますよ。」

「ぜひ。そして、一人の異議者もなかったらということにしてあるんですけど。」

「いいですわ、いいですよ。ねえ、吉井の奥さま。」

「そうですとも。」

「あたし、ここで失礼いたします。」

「どうぞ。」

「どうぞ。」

一代は、数歩行ってから、急に気が変ったように、二人の前へ立ち戻って来た。

「どうなさいましたの?」

吉井夫人よりも先に、安子がいった。

「もし、ご迷惑でなかったら、今夜これからあたしの家へ来て頂けません?」

「まア、今夜これから?」

安子よりも先に、吉井夫人の方が、何んぼ何んでもというようにいった。

「その方が、お互いのざっくばらんなところが見られて、いいんじゃアありません? 今夜、父も、それから妹たちも、全部家にいる筈ですから。」

「だって、肝腎のお父さんが、そのことで不愉快にお思いになりませんか。それでは、元も子もない、ということになりますから。」

「ですから、差し詰め、愛沢さんには、あたしのお友達ということで。ごめんなさい。」

「いいえ、お友達で上等ですよ。」

安子は、こだわらないでいった。

「あたし、かりに父が、どうしても再婚が嫌だといったら、そのときには、愛沢さんに、いろいろと相談相手になって頂きたいような気がしているんですよ。」

「ええ、あたしでよかったら。」

「妹たちも、そういうことをいい出すかもわかりませんし。」

「嬉しいですね、そうなったら。」

「そういうことで、お互いに行ったり来たりしているうちに、まとまる話ならまとまりますし、まとまらない話ならそれはそれで仕方がないということに……。」

「一代さんて、何んて頭がいいんでしょう。」

「あら、困りますわ。」

吉井夫人が、

「話は、それくらいにしておいて、愛沢さん、あなた、これからすぐに一代さんといっしょにいらっしゃいます？」

「せっかくこいといって下さっているんですもの、あたしは、喜んで参りますよ。」

三

二美子は、何かを思い出したように、くすっと笑った。

「どうしたんだね。」

長田吉夫がいった。

今日は、長田の方から電話をかけて来て、銀座で会おうといってくれたのである。長田とはこの前ホテルの前まで行きながら、姉の一代の姿を見たために、何んとなく気まずい思いで別れて以来だった。勿論、二美子には、嫌も応もなかった。二つ返辞で、承諾したのである。そういう二美子の心の底には、長田が自分たちのことを正式に兄から許されたので、その吉報を知らせてくれるのではないか、という思いもあったのである。かつて、長田もいっていたように、長田の兄にとって、二美子は、大恩人なのである。もし、二美子のわたした五十万円がなかったら、今頃、破産していたかもわからないのだ。長田との結婚について、異存のあろう筈がないのであった。ただ、二美子としては、一日も早く、長田の兄に会っておきたいし、また、長田に自分の父とも会っておいて貰いたいのであった。長田は、美男子であるし、二美子は、家へ連れて帰っても恥かしくない、と思っていた。恥かしくないどころか、みんなは羨むに違いないのである。しかし、今夜の長田は、二美子の期待した吉報を、まだ口にしないのであった。寧ろ、どちらかといえば、黙り込んでいる方が多かった。

(長田さんは、この前のようにホテルへ誘いたがっているのではあるまいか)

二美子は、そういう想像をして、血を躍らせていた。この前だって、一応抵抗しながら、どうせ結婚するのだしと、その気になりかけていたのである。もし、今夜、この前以上に積極的にいわれたら、もう抵抗出来ないのではなかろうか。いや、二美子の胸の奥には、それを期待するものがなかったとはいい切れないのだ。いっそ、早くそういうことになってしまって、さっぱりしたいのであった。安心したいのでもあった。

(お姉さんだって、しているのだし)

しかし、自分たちの場合は、どうまかり間違っても結婚出来るのだからという弁解も用意されていた。

「あのね、三日ほど前の夜のことなのよ。」

そこまでいったとき、向こうから歩いて来た男が、

「やア。」

と、親しげに二美子に笑いかけた。

「あら、石辺さん。」

石辺太郎は、ジロリと長田を見た。しかし、長田は、つんとして横を向いただけであった。

「失敬。」

石辺は、そういうと通り過ぎて行ってしまった。

「どういうものか、僕は、あの男、虫が好かないんだよ。」

長田がいった。

「あら、どうして？」

「だって、この前、喫茶店にいて、僕が兄貴に電話している間に、君の前に坐って、話しかけようとした男だろう？」

「そうよ。」

「だからなんだ。」

「だから？」

「僕には、あの男め、君に横恋慕しているように思われて、仕方がないんだよ。」

「まさか。」

二美子は、わざと一笑に付すようにいったが、内心、長田の神経の鋭さに舌を巻きたくなっていた。長田のいう通りなのである。会社にいても、石辺は、何かと二美子に話しかけてくる。二美子にとって、好かれていると思うことは、悪くなかった。いい気分でもあった。だからといって、二美子の長田への気持ちにはいささかの変化もないのである。ただし、二美子にとって、この程度に長田から妬かれることは、悪くなかった。愛されている何よりもの証拠なのである。

「まさかって、気をつけてくれよ。」

「大丈夫よ、あたし。」

「信じていていいんだね。」

「信じていて頂戴。」

「よかった。何んといっても、君は、僕のいのちみたいなもんなのだから。」

「だったら、あたしを早くお兄さんに。」

あとはいわせないで長田は、

「それよりも、さっきの話は？」

「さっきの話って？」

「三日ほど前の夜のことさ。」

「ああ、あれね。」

二美子は、もう一度、くすっと笑っておいて、

「前から、あたしのお父さんに再婚をすすめる人があったのよ。」

「再婚？」

「おかしい？」

「いくつだったかな？」

「五十五歳よ。」

「そんならまア特別におかしくもないだろうなア。」

「そのことで、あたしたち五人の姉妹が相談して、この際、相手がいい人だったら、お父さんのために認めて上げよう、ということになったのよ。」

「君ンとこの姉妹は、開けているんだなア。」

「だって、その方が、みんな安心してお嫁にいけるじゃアありませんか。」

「そういう魂胆か。」

「だいたい、ね。」

「まア、僕は、どっちだっていいが。」

「相手は、三十五の、中学生になる男の子がある未亡人なのよ。」

「コブつきか。」

「そうなのよ。」

「で？」

二美子は、一代の提案で、先ず父を説得してから、みんながお見合いの席に出る予定になっていたことを話して、

「ところが、一代お姉さんたら、突然に、その未亡人を家へ連れて来たのよ。」

「突然に？」

「そうなのよ。そこでお会いしたからといって。そんとき、みんな茶の間に集まって、テレビを見ていたんだわ。はじめは、誰だかよくわからなかったんだけど、世話して下さる近所の奥さんもいっしょだったんで、やがて、そうかとわかったのよ。」

「…………」

「そうしたら、お父さんは、すっかりてれてしまって、ロクに口も利けないのよ。」

「わかるな。」

「一代お姉さんは、一所懸命にお茶を出したりして……。自分が連れて来たんだし、責任を感じていたらしいのね。」

「どんな女だね。」

「そうね。気さくな人よ。美人ではないけど、色の白い……。いってみれば、話のわかりそ

うな小母さま。」

「だったら、いいじゃアないか。」

「その人は、三十分ほどいて、お帰りになったのよ。そうしたら、そのあと、お父さんは、急に憤り出して。」

「憤り出して？」

「一代お姉さんに、非常識にも程がある、わしは、再婚なんて、夢にも考えていない、今後、あんな女を家へ連れて来たら承知しないから、といってそのまま、自分の部屋へ入ってしまったわ。」

「お姉さん、困ったろう？」

「そうよ。だけど、お姉さんの解釈は、お父さんがあんなことをおっしゃるのは、どうも照れ臭いからのように思われてならない、ということなのよ。」

「ふーむ。」

「その一代お姉さんの意見に、真っ先に賛成したのは、三也子ちゃん。もっとも、三也子ちゃんは、いつだって、一代お姉さんのいうことに賛成するんだから。」

「ふーむ。」

「次が、志奈子ちゃん。五百子ちゃんは、あたし、あの小母さんならお義母《かあ》さんといえそうだから賛成します、と。」

「君は？」

「どっちでもいい、といったの。」

「どっちでもいい？」

「本音よ。だって、そうなんですもの。一代お姉さんから、そんないい方は困るといわれたので賛成します、といっておいたけど。」

「では、全員賛成か。」

長田は、あきれたようにいった。

「そうなのよ。でね、一代お姉さんは、その結論を持って、お父さんの部屋へ行ったのよ。お父さんは、相変らず、問題にならないとおっしゃるのよ。それよりも一代、お前の結婚はどうするつもりだ、と逆襲されたらしいわ。」

「お姉さんが、いつか、ホテルからいっしょに出て来た男、だれだかわかった？」

「わかるもんですか。だって、聞けないもの。聞いたら、どうして知っているのか、といわれるじゃアありませんか。」

二美子は、睨みつけるように長田を見た。しかし、それは、寧ろ、媚びているような目であった。

「あッ、そうか。」

長田は、ペロリと舌を出した。

四

二人は、いつか銀座をはなれていた。二人とも話に夢中になってのことのようにしながら、しかし、ちゃんと意識の底に置いているのであった。殊に、長田の方は、もうすこし行って、右へまわると、ホテルのあることを知っていた。

「結局ね、一代お姉さんは、お父さんに再婚の意志がないのなら、それはそれで仕方がありません。けれど、娘たちの全員は、一応、再婚に賛成したのだから、今後は、あの小母さんと個人的な交際をすることは認めてほしい、とおっしゃったのよ。お父さんは、どうして、そんなことをする必要があるんだ、と。一代お姉さんは、年頃になって、どうしても母代りになる相談相手が欲しいから、と。お父さんは、自分では、相談相手にならないのか、と不満そうだったが、同時に、母親代りという言葉にはちょっとショックだったらしいのね。しばらく考えていてから、よかろう、しかし、自分は、知らんからね、と。」

「やれやれ。大山鳴動鼠一匹の口か。」

「あたしにとっては、ね。」

「君にだけか。」

「だって、あたしたちのことは、今更、他人に相談する必要がないんでしょう？」

「…………」

「もう、結婚することにきまっているようなもんなんだし。」

「…………」

「あたし、早くお兄さんに会わせて貰いたいわ。」

「…………」

「そして、あたしのお父さんにも会って。」

長田は、それでも黙り込んでいるのである。さっきだって、二美子が、その話を持ち出そうとすると、長田の方から避けたのであった。

二美子は、長田のこの際の沈黙について、漸く不安を感じた。

「いつまでも黙っているなんて、あたし、嫌だわア。」

二美子は、不機嫌にいった。

「失敬。」

「ねえ、あたしたちは、本当に結婚出来るんでしょう?」

「そりゃア勿論だ。」

「だったら、早く会わせてよ。」

「ところが、兄貴の方は、それどころではないんだよ。」

「あら、どうしてよ。この前、五十万円を出して上げたんで、不渡手形の問題は、もう解決したんでしょう?」

「そう、あの問題は。」

「すると、まだ、別の問題があるの。」

「要するに、弱り目に祟り目という奴なんだよ。」

「どういうこと？」

「その後、会計係の男が、五十万円の持ち逃げをしていたことがわかったんだ。」

「また、五十万円なの。」

二美子は、うんざりしたようにいった。

「そうなんだ。兄貴の会社なんか、株式会社といったところで、個人会社みたいなもんなんだし、五十万円となると大金なんだよ。」

「………。」

「兄貴は、血眼になって、その男の行方を探しているんだが、どうにもわからんらしいんだ。」

「困ったわね。」

「その五十万円がないと、もう手も足も出なくなってしまうんだよ。」

「………。」

「だから、僕としては、今、結婚などという浮いた話は、兄貴の前でいえないんだよ。」

「あら、あたしたちの結婚は、浮いた話になるのか知ら？」

二美子は、不満そうにいった。

「いや、僕たちにとってではなしに、兄貴にとってはだよ。」

「…………」

「気を悪くしないで貰いたい。」

右へ曲った。一〇〇メートルほど先に、ホテルが見えていた。

「こんなこと、僕としては、いい憎いんだけど。」

「…………」

「よそうか。」

「いいわよ、いって。」

「君ンとこは、姉妹が全部、五十万円ずつ貰ったんだろう？」

「そうよ。」

「そのうちのだれか一人、特別に五十万円を貸してくれないだろうか。」

「そんなこと、無理だわ。」

「勿論、利息は払うし、正式に兄貴に借用証を書かせるよ。」

「だって……。」

「僕の一世一代の頼みなんだけどなア。」

「…………」

「本来なら、こんなことは、いえた義理でないことぐらいわかっているのだよ。」

わかっていたら、どうしてそんなことを口にするのかと、二美子は、いいたいくらいだった。しかし、いえなかった。惚れた弱味であったろうか。

「実はこのことは、兄貴から頼まれたんだよ。」

「まア、お兄さんから？」

「そうなんだ。五十万円が無理なら、四十万円、いや、三十万円でもいいというんだよ。」

「………」

「それに、実際問題として、それだけの金がないと、前に君から借りた五十万円の返済のめどがつかなくなってくる恐れがある、というんだよ。」

「そんな。」

そのあと、二美子は、憤然として、

（バカな）

と、つけ加えたかったのだが、かろうじて、思いとどまった。

すでに、ホテルの前へ来ていた。

「勿論、そうなったら、僕は、一生かかっても、あの五十万円は、返すつもりでいるよ。」

「返すって、あれは、あたしたちの五十万円みたいなもんじゃアありませんか。」

「ああ、そうか。君は、それほどまでに、僕のことを思ってくれていたのか。」

「でないと思ってらしったの。」

「いや……。あらためて、君の愛情の深さを胆に銘じたんだよ。」

「嫌な人ね。」

「なに？」

「ねえ。」

「こうなったら、僕たちは、だれにも邪魔されないで、二人だけで結婚をしてしまおうよ。」

二人は、ちょうど、ホテルの前へ来ていた。

本日開店

一

その翌日、二美子は、昨夜の石辺太郎の仕打ちを思うと、どうにも我慢がならなかった。このまま放っておくと、癖になりそうだ。だけでなしに、妙な風に自分と長田のことを社内に宣伝されても困るのである。迷惑至極である。この際、一本釘を打っておく必要があるようだ。

二美子は、受話器を取り上げると、石辺太郎を呼び出した。二美子は、営業部勤務であり、石辺は、総務部勤務なのである。

「石辺さん？　あたし、三沢よ。」

「やア、昨夜は、どうも失敬。」

しかし、その石辺のいい方は、一向に恐縮していないようなのである。どうも失敬、と口ではいいながら、自分ではいいことをしたと思っているような気配すらあった。二美子は、むかっとした。

「失敬どころではないわよ。」

「まア、そういうなよ。悪気があったわけではないんだから。」

「悪気があられてたまるもんですか。」

「はッはッは。」

「笑いごとじゃアないわ。あたし、これでも憤ってるんですよ。」

「そうか……。」

石辺の口調は、すこし神妙になって来たようだ。それに気を得て、

「そうよ。」

と、二美子は、おっかぶせるようにいっておいて、

「ちょっと話しておきたいことがあるから、応接室まで来て頂戴。」

「応接室？」

「今、すぐによ。」

「………」

「わかったわね。」

「どうだろう？」

「何が、よ。」

「あと二十分でお昼になるし、いっしょにお昼ごはんを食べないか。」

「まア、厚かましい。」

「別に厚かましくはないつもりだ。昨夜のお詫びに粗餐を差し上げ、かたがた、ご高説を拝聴いたしたいんだよ。」

「………」

「鰻が嫌いかね。」

「いいえ、好きよ。」

「だったら、そうときめた。十二時に、会社の表で待っているからね。」

いうと、石辺は、二美子の返事も聞かないで、一方的に電話を切ってしまった。二美子は、いまいましかったが、わざわざもう一度電話をして、今の言葉を訂正させてやるほどの気にもなれなかった。それに、ご馳走してやるというのならさせてやってもいいのである。どっちにしたところで、いいたいことはいいまくってやる決心なのだし、それならご馳走になるだけ得なのだ。そうと決めて、やっと腹の虫が、すこしおさまった。

「石辺君が何かしたのか。」

　机を並べている水谷がいった。

「いいえ。」

　二美子は、頭を横に振った。

「だって、凄い剣幕で憤っていたじゃアないか。」

「そんなことはありません。」

「なら、いいんだ。しかし、石辺君って、あれはいい男だよ。僕は、よく知っているんだ。一種の正義派で、気持ちのいい男なんだ。僕は、前から君と石辺君が結婚したらと思っていたんだよ。」

「あたしが石辺さんと？」

　二美子は、あきれたようにいった。思いもよらぬという顔をしてみせた。しかし、かねてから石辺に好意を持たれている自分なのだ、ということは感じていたのである。勿論、悪い気がしなかった。かりに、二美子に長田という意中の人がなかったら、あるいは、石辺との結婚も考えたことがあったかもわからないのである。しかし、二美子は、そういうことを考えたりするのは、長田への冒瀆だぐらいに思って、つつしんで来たのであった。それほど、長田を愛しているのだ。だからこそ、惜しげもなく五十万円もの大金をわたしたりしたのである。

「そうだよ。そうしたら、君は、きっと幸せになれると思うんだが。」

「どうも、お生憎さまでした。」

「何故?」

「だって……。」

二美子は、顔をあかくした。水谷は、察したように、

「そうか、そういうわけだったのか。」

二美子は、頷いた。

「だったら、問題にならないね。」

「はい。」

「しかし、それを知ったら石辺君は、さぞかしガッカリするだろうな。」

「いいえ、もう知ってらっしゃいます。」

「何んだ。それなら、僕は、横からとやかくいうことはなかったわけか。」

「そうですわ。」

「やれやれ。よけいなお節介を申し上げまして。」

「あら、どういたしまして。」

二美子は、十二時五分前になると、仕事をやめて、事務室を出た。会社の玄関に行ったが、

まだ石辺は、来ていなかった。空は、どんよりと曇っていて、今にも雨になりそうである。

二美子は、そんな空を眺めながら、昨夜の出来事を思い出していた。

「……こうなったら、僕たちは、だれにも邪魔されないで、二人だけで結婚をしてしまおうよ。」

長田がそういったとき、ちょうど、ホテルの前へ来ていたのである。もとより二美子は、今夜は、そういうことになるだろうと覚悟をしていたのである。あるいは、と期待していたといっていいかもわからない。しかし、さてとなると、やっぱり恐くなってくるのであった。身体がふるえてくるのであった。足許がすくんでくるのであった。その癖、二美子の目は、ひっそりとしたホテルの玄関を盗み見ていた。玄関から奥に向かって、赤いジュウタンが敷いてあった。実際には、そういうホテルの内部を見たことはないが、映画なんかでよく見ている、ダブルベッドがあって、お風呂がついていて……。胸がときめいてくるようだった。

「いいだろう？」

長田が熱っぽい口調でささやいた。しかし、二美子は、答えられなかった。口の中が、カラカラにかわいていた。

「どうせ、結婚することに決っているんだし。」

「………」

「嫌なのかい？」

「…………」

「こんなに僕が君を愛しているのに。」

「…………」

「それとも、君は、僕をそれほどに愛していてくれないのか。」

長田は、すこし不機嫌になっていった。二美子は、あわてて頭を横に振った。ここで長田に不機嫌になられると困るのである。それよりも有無をいわさないで、

「入ろう。」

と、強引にいって、引きずり込んでほしかった。

その方が、二美子の面子も立つし、どんなにか気が楽なのである。二美子は、それを待っていた。

そのとき、うしろの方で、

「えッへん、えッへん。」

というわざとらしい咳払いの音が聞えたのである。

思わず、二人は、振り返った。そして、そこに思いがけなく、さっき、銀座で会った石辺が腕を組むようにして立っているのを見たとき、

「まッ。」

と、二美子は、逃げ腰になってしまったし、長田は、

「君は。」

と、呶鳴りつけるようにいったのである。

しかし、石辺は、泰然自若として、

「やア、今晩は。」

と、いっておいて、ニヤリと笑った。

二美子は、もう絶望的になっていた。こんなところを石辺に見られた恥かしさと、それ以上に、こういうところを石辺に見られたからには、今夜も亦、二人だけの結婚が出来ないであろうとの悲しさと憤りを感じていた。

(チャンスを失うのは、これで、二度目だわ！)

その運の悪さに、泣きたいくらいだった。しかし、心の片隅に、ほんのちょっぴり、たすかったという思いもあったに違いないのである。

「君は、どうしてそんなところに立っているのだ。」

長田は、居丈高にいった。

「何んとなく……。」

「失敬な。僕たちの後をつけて来たのであろう。」

「これまた、何んとなく……。」

「早く、あっちへ行ってくれ。」

「それよりも、早く、ホテルへ入るなり、やめるなりしたらどうだね。」

「放っといてくれ。」

「どうも、気になるんだよ、僕は。」

「理由をいい給え。」

「やっぱり、何んとなく。」

そういう石辺は、テコでも動くものかと構えているようだ。長田は、我慢がならなくなった。つかつかと石辺の前へ寄って行くと、

「貴様なんか、こうしてやる。」

と、わめくようにいって、その頰をピシャリと殴った。

いや、殴ったように見えたのだが、実際には、石辺は、ひょいと顔をよけたので、長田の掌は、むなしく空を打ったに過ぎなかった。だけでなしに、自分で自分の力でよろめいてしまった。

もし、二美子が、

「およしになって。」

と、長田のうしろからしがみつかなかったら、長田は、やぶれかぶれになって、更に殴ろうとしたかもわからない。そして、いっそうの醜態を演じたかも……。

「ねえ、帰りましょう。」

二美子は、強引に長田を引っ張るようにして、ホテルの前をはなれた。流石に、石辺は、それ以上後をつけてこなかった。が、振り向いて見ると、いつまでも同じ姿勢で、見送っていた。長田は、

「あいつめが、あいつめが。」

と、心底から口惜しそうにいって、

「もし、君がとめなかったら、あんな奴は、殴り倒してやったのに。」

しかし、長田自身、最初の一撃に失敗したことで、石辺と喧嘩をする自信を失っていたに違いないのである。だから、二美子がとめてくれたことは、もっけの幸いであったのだ。

「いいのよ、あんな男なんか。あたし、明日、あの男にうんといってやるわ。」

「そうだよ。」

しかし、長田は、もう一度、二美子を別のホテルへ誘い込もうという勇気も失ってしまったようであった。二美子にも、その気がなくなっていた。長田は、別れぎわに、

「さっき、ちょっと話したあとの五十万円の件、いや、四十万円でも、三十万円でもいいんだが、考えてみてくれないか。」

と、念を押すようにいっていた。

流石に、二美子は、返事をする気になれなかった。

（虫がよすぎるわ）

そういたいくらいであった。が、帰ってから、いちばん与《くみ》しやすいし、また、会社で金貸しをはじめたという五百子に、それとなくにおわしてみたら、

「ダメよ。あたし、金貸しは廃業したんですから。それに三十万円を、志奈子お姉さんに預けてしまったわ。」

と、冷たくいわれた。

「どうして、志奈子ちゃんに預けたの?」

「有利な証券貯蓄をして貰うために。」

「あたしの方には、もっと有利な口があるんだけど。」

しかし、五百子は、相手にしてくれなかった。そうなると、いくら姉でも、二美子には、それ以上は押せなかったのである。一つには、自分の金ならともかく、妹の金まで元も子もなくしてはとの危惧を感じていたからでもあったろう。すでにして、金に関する限り、長田というよりも、長田の兄を、これ以上信用してはならぬのだとの思いが、二美子の胸の奥に芽生えつつあるようだった……。

「やア、失敬失敬。」

石辺が約束の十二時よりも五分遅れて、姿を現わした。二美子は、つんとして、

「失礼よ、レディを待たすなんて。」

と、いっておいて、先に歩きはじめた。

その店の鰻丼は、百円、百五十円、二百円の三種類にわかれていた。二美子は、恐らく百円のであろうと思っていたのに、石辺は、

「百五十円のを二つ。」

と、注文した。

二

「無理をしなくってもいいのよ。」

「まア、いいさ。今日は、特別だからね。ただし、この次からは、百円のにしよう。」

「この次からですって？」

「僕は、今後、ちょいちょい、君とこういう機会を持ちたいと思っているんだよ。」

「あたし、ごめんだわ。」

「知っているさ、君が、そのようにいうであろうぐらいのことは。」

石辺は、落ちつき払って、煙草に火を点けた。だけでなしに、二美子と二人でいられることが嬉しくてならぬようであった。そうなると、二美子のとがった心も、すこし柔かくなって来そうである。しかし、この男の昨夜の仕打ちを思えば、ほんのすこしでも甘い顔をしてはならないのだ。でないと、増長して、今後、何をしでかすやらわからないのである。

「あんたは、いったい、どういうつもりで、昨夜は、あんな真似をしたのよ。」

「君が好きだからさ。」

石辺は、そのものズバリでいった。二美子は、足許をすくわれたように狼狽していた。しかし、その狼狽振りを、石辺は、目を細くして、愉しそうに眺めているのである。二美子は、自分が軽く見られているのではないかと思った。とすれば、許せないのである。

「いっておきますが。」

二美子は、開き直りかけたとき、注文した鰻丼が来た。

「ちょっと、待った。」

石辺は、二美子の口を封じるようにいっておいて、

「先に、食べてしまおう。」

「だって。」

「冷《さ》めたら、まずくなるよ。」

「いいわ。そのかわり、あとで、あたし、うんといって上げるから。」

「覚悟をしている。」

石辺は、箸を持った。そうなれば、二美子も同じく箸を持たないわけにいかないのである。それに、周囲には、たくさんの客がいる。鰻丼を前において、それを食べずに論戦していたらおかしなものであろう。

「うまいね。」

石辺がいった。二美子は、聞えなかったように、返事をしなかった。しかし、腹が立っているにかかわらず、鰻丼は、うまかった。二美子の場合、立腹と空腹は、別のものであったかもわからない。ちらっと、上目づかいに石辺を見ると、石辺もちょうど二美子を見たところであった。厚かましくも、ウインクをした。二美子は、顔をくしゃくしゃにして、それに応《こた》えた。石辺は、苦笑したが、別に気を悪くしたようでもなかった。

(応えないんだわ、この人は)

二美子は、長田を思い出していた。容貌の点では、長田の方が遥かに勝っているのだ。二美子は、今でも長田を家に連れて行って、父親や姉妹に紹介するとき、みんなは、その美貌にびっくりするに違いない、と思っていた。いや、姉や妹たちは、羨望の目で見るに違いないのである。しかし、石辺では、そういうわけにいかない。といって、石辺は、醜男であるというのではなかった。要するに、世間並なのだ。が、長田を見なれた目には、石辺程度では、何んとしても物足りないのである。ただし、石辺の方は、長田に比較して、遥かに神経がふといようだ。だからこそ、昨夜のように、人のあとをつけたりするのだ。そして、ケロリとしている。かりに、長田に、二美子がさっき石辺にしたように顔をくしゃくしゃにして見せたら、とたんにさっと顔色を変えるに違いないのである。しばらくは、物をいってくれないだろう。そういう長田の神経質は、二美子にとって、多少気になっていることも事実であった。結婚してからそういう長田の神経質が、夫婦間の愛情を、時にはこじらせたりするのではなかろうか、と恐れていた。しかし、だからといって、二美子は、長田を嫌いになろうとは夢にも思っていなかった。

（あたしさえ気をつければいいんだから）

と、二美子は、長田に対して、あくまで神妙であろうと思っているのだった。

ましてや、長田には、五十万円をわたしてしまってあるのだ。今更、石辺から好きだといわれても、どうのこうのという気持ちになれよう筈がなかった。二美子は、そう信じていた。

二人は、鰻丼を食べ終った。

「では、いうよ。」

石辺の方からいった。

「おっしゃいよ。」

「さっきもいったように、僕は、君が好きなんだ。結婚したいと思っているんだ。」

「お断わりします。」

二美子は、ピシャッとした口調でいった。

「何故？」

「あたしは、昨夜の長田さんを愛しているからです。」

「あんな男、よした方がいい。」

「まア、何んてことをおっしゃるのよ。」

「あの男は、うちの得意先のS産業に勤めているんだろう?」

「そうですわ。でも、どうしてそれを?」

「僕の友達が、そのS産業に勤めているのだ。その友人が、長田君にS電気工業に恋人があるといっていたんだ。恐らく、長田君が自分から喋ったのだろう。だとすれば、君のことに違いないし。」

「そうよ。」

「あんまり評判のよくない男らしい。」

「失礼だわ。」

「かまわん。非常にエゴイズムだといっていたが、思い当る節があるだろう?」

「あるもんですか。親切で、思いやりがあって、やさしいわ。」

「恐らく、うわべだけだろう。」

「あなたは、いったい、何んの権利があってそういうひどいことをおっしゃるのよ。」

「何度もいうように、君を愛しているからさ。愛している君を、そんな男にやりたくなかったからさ。」

「あたし、放っておいて頂きたいわ。」

「ところが、放っておけないんだよ。昨夜だって、それなんだ。僕は、君を愛している以上、あとをつける権利と義務があるような気がしたんだ。」

「まア、権利と義務ですって？」

「男の辛いところだな。」

「いい加減にして頂戴。」

「出来ないね、僕には。」

「いっておきますが、あたしたちは、すでに婚約しているんですからね。」

「しかし、まだ結婚はしていないんだろう。僕は、昨夜あとをつけてみて、つくづくよかったと思ったよ。」

「よかった？」

「愛する君をあの男の自由にさせなかったから。」

「あなたは、まさか、あたしたちがしょっちゅうああいうところへ行っているなんて思っていないでしょうね。」

「僕は、安心したんだ。昨夜の君の素振りを見ていて、まだ未経験だ、と。だから、今後、あんな男に近寄らない方がいいよ。」

「あたしの勝手でしょう？」

「いかんよ、君の幸福のために。そして、僕の幸福のために。」

「あなたには、あたしのいっていることが、ちっともおわかりになっていないのね。」

「わかっている、わかり過ぎるほどね。ただ、君をあんな男にやりたくないのだ。」

「お気の毒でした。あたしは、あの人と結婚します。」

「いったい、あんな男のどこがいいんだね。」

「何も彼も、よ。」

「昨夜のあの男の僕に対する喧嘩っ振りのだらしなさだけを見ても、如何にくだらん男だか、おおよそ、わかりそうなものだが。」

「いいえ、あたしは、あなたこそ、愚劣で、卑怯だと思いましたわ。」

「ところが、あの男は、その僕以下なんだから問題にならんよ。」

ああいえばこういうで、二美子には憎らしいだけであった。しかし、心の片隅で、石辺のいったことにこだわってもいた。殊に、長田が会社で、エゴイズムとの噂があるということが気になっていた。五十万円を取りながら、いまだにその兄に会わせてくれないのである。それも、エゴイズムの一つの現われであろうか。

（いいえ、そんなことがあるもんですか）

二美子としては、そのように否定しておくのほかはなかった。でなかったら、今後、愛していけないのである。ましてや、石辺は、自分の愛情を得ようとして、躍起になっているのだ。そういう男の言葉を、そのまま信用したのでは、女の浅墓さとそしられても仕方がないことになる。二美子は、石辺を睨みつけてやった。その目に、憎しみを込めているつもりだった。しかし、実際には、かならずしも憎しみだけでなしに、多少の媚も含まれていたのではなかったろうか。こんなにも堂堂と好きだといわれたのでは、満更でなかった。一種の優越感といっていいかもわからない。その優越感が、二美子をして、もっともっと、石辺をおどろかせてやりたくなったようであった。

「あなたが何んとおっしゃっても、あたしは、長田さんと結婚します。」

「よした方がいい。そうだ、かりに僕との結婚が不可能であったとしても、長田君よりももっとマシな男と結婚して貰いたい。」

「あたしが長田さんをどんなに愛しているか、いって上げましょうか。」

「聞きたくないね。」

「いいえ、聞いて。」

「そんなに頼むんなら、聞いてやるよ。」

「あたし、父から五十万円を貰いましたのよ。」

「五十万円！」

二美子は、その五十万円のいわれを簡単に話しておいて、

「あたし、その五十万円を長田さんのお兄さんの事業資金に出して上げたのよ。」

「何故？」

「でなかったら、不渡手形を出しそうだったから。」

「それを長田が君に頼んだのか。」

「いいえ、話を聞いて、あたしから長田さんに。」

「ああ、君は、何んというバカなことをしてしまったんだ。」

「愛しているからよ。おわかり？」

「君は、その金が戻ってくると思っているのか。」

「今のあたしは、そんなこと問題にしていないわ。」

「いや。問題にすべきだ。すぐ取り戻したまえ。何んだったら、僕がその役を引き受けてやろうか。」

「石辺さん。」

二美子は、口調を強くして、

「これ以上の出しゃばりは、あたし、絶対に許しませんから。」

「しかし、僕としては。」

「いけません。あたし自身のことで、あなたには、何の関係もないことだということを、胆に銘じておいて頂戴。」

二美子は、叩きつけるようにいうと、立ち上った。しかし、石辺は、立たなかった。唇を嚙み締めるようにしていた。そして、二美子を見上げたその目には、さっきまでとは別人のような悲しみに満ちていた。二美子は、そんな石辺を尻目にして、外へ出た。勝ち誇ったように歩いていたのだが、やがて、その歩みは、しだいにのろくなり、立ちどまった。不安な表情で、鰻屋の方を振り返って見た。しかし、石辺の出てくる気配がなかった。まだ、さっきのような悲しい目で、じいっとしているのであろうか。

三

今日は、喫茶店「赤いトビラ」の開店日であった。表には、いくつかの祝開店の花環が飾られてある。中でも、ひときわ大きいのは、バー「朝子」からのものであった。

店を明け渡して貰うまでに一週間、更に、改装のために十日ほどを要した。しかし、改装は、杉本がうまくやってくれたので、だいたい、一代の満足すべき結果になっていた。一代がいちばん気にしていた扉を朱一色にして、そこへ金文字で「赤いトビラ」と入れる案は、成功したようであった。ただし、改装費は、予算の五万円を超過して、六万五千円になってしまった。

「どうも、すみません。」

杉本がいった。

「とんでもない。あたし、気に入ったんですから。」

一代が答えた。

「だったら、いいんですが。」

「このご恩返しに、天丼でも、鰻丼でも、せいぜいサービスをいたしますから、どうかご利用下さい。」

「お願いいたします。」

午前十時から開店となっていた。新しいマッチも、朝子の世話で、すでに出来上っていた。一代は、昨夜十時頃までここにいて、今朝は、九時にはここに来た。表に立って、店を眺めて、流石に感慨無量であった。

（あたし、今日から正真正銘の喫茶店のマダムになるんだわ）

一代は、第二の人生の門出に立つような決意を感じていた。が、そうなると気になるのは、まだそのことを父親にいってない、ということであった。父親は、すでに勤めに出るようになっていた。が、嘱託であるせいか、毎夜六時には帰っているようなのである。前の会社に勤めていた頃には、一週間に一度は、酒を飲んで帰ったりしたのだが、今の会社では、まだそういう相手がないのか、毎日、まっすぐに帰ってくる。そして、愛沢安子のことについては、何もいわなかった。安子も、きっかけがないのか、自分からは遊びにこなかった。

しかし、一代は、自分が喫茶店のマダムになったことについて、もし父親から叱られたら、安子に味方になって貰うつもりで、昨日、会っているのである。

「まア、一代さんが、喫茶店のマダムさんに？」

安子は、あきれたようにいったが、一代の困ったような顔を見ると、

「だけど、あたしは、別に反対しませんよ。将来、あなたのお義母さんになれるなれないは

別としてね。」

と、つけ加えたのである。

「あたし、近頃は、お店の修繕に立ち会ったりして、毎晩遅く帰るもんですから、父親が、そんなに残業が続くのかというんですよ。」

「こうなったら、いっそ何も彼も打ち明けておしまいになったら?」

「何んだか、恐いんです。」

「わかりますね。妹さんたちは、ご存じですの?」

「いちばん末の妹には、十万円を借りてあるんで、何かを察しているでしょうが、それに三番目の妹の三也子とは、いっしょに寝ているんで、当分の間、内緒にすることという条件で話してあるんです。」

「何んといってらしった?」

「はじめは、びっくりしていましたが、お姉さんのなさりたいことをなさったらいいわ、と。」

「なかなか、理解があるのね。」

「とってもいい妹なんです。あたしたち、五人の姉妹の中で、いちばんおっとりしているんですよ。」

「それでしたら、この間の晩、あたしも感じましたよ。そのくせ、何気なくあたしに気をつかって下さいましたからね。あたしと目が合うと、ニッコリとしたりして。あたし、三也子さんなら、きっといい奥さんにおなりになるだろう、と思いましたよ。いえ、五人には、それぞれのよさがあるようでしたが。」

「あたしも三也子がいちばん好きなんです。明日の開店日には来てくれる筈です。」

「恋人といっしょに？」

「ところが、三也子には、まだ恋人らしい男性がないらしいんですよ。」

「あんないいお嬢さんに信じられないくらいですね。」

「でも、本人は、一向に平気なんですよ。父から貰った五十万円を他の四人は、何んとかふやそうと思って、あくせくしているんですけど、三也子だけは、その金の一部で、北海道か九州へ旅行するつもりだ、といってるんです。今のうちにそういう旅行をしておかないと、結婚してしまったら一生出来ないかもわからないといっているんです。」

「いいことですよ。」

「ついでに、素晴らしい恋人が出来るかもわからない、といっているんです。」

「三也子さんなら、出来そうですね。あたし、祈って上げたいくらいですよ。ところでね。」

安子は、そこで口調を変えて、

「一代さんには、恋人がありませんの？」

一代は、顔色を変えた。ついで、うなだれてしまった。安子は、それをじっと見つめて、何かを察したようであった。

「ごめんなさいね。あたしって、どうしてこう出しゃばりなんでしょう。」

「いいえ。」

「気を悪くしないでね。」

「あたし、こうなったら、あなたにだけ聞いて頂きますわ。」

「あたしでよかったら。」

「父にもいってありませんのよ。」

一代は、片岡敏夫に逃げられたこと、更に、落合英二とのことも隠さずに話した。今日は、そこまでいう気はなかったのだが、安子と話しているうちに、ついそういう打ち融けた、そして、何も彼もいっておきたいような気分にさせられてしまったのである。安子の身辺には、そういうものが漂うているのかもわからない。安子は、傷ましそうに聞いていた。しかし、たいしておどろいてはいなかった。

「それで、やっとわかりましたよ、一代さんが喫茶店のマダムさんになろうと決心なさったお気持ちが。」

「でも、あたし、落合さんとは、二度と昔の仲に戻りたくありません。」

「そりゃア戻ってはいけませんよ。でも、大丈夫？　男と女の仲って、なかなか難しいもんですからね。」

そういわれると、一代は、心細くなってくるのであった。辞職願を出した日にだって、結局、応接室で強引に接吻されてしまっている。もっとも、その夜は、落合にホテルで待ち呆《ほ》けを食わせてやりはしたが。翌日、落合は、そのことでひどく不機嫌な顔をしていた。しかし、一代は、あくまで知らん顔をしていたし、近寄りもしなかった。一代に退職慰労金が出たのは、その翌翌日であった。

「せめて、晩ごはんをいっしょに食べよう。」

落合は、一代の顔を見るようにして、下手に出た。

「有りがとうございます。でも、今夜は、先約がございますから。」

「先約？」

落合は、妙に気をまわしたようであった。

「はい。」

「だったら、明日は？」

「おんなじでございますの。」

落合は、唇を噛んだ。冷たくなった一代に、ますます未練が出て来たようであった。

「まさか、君は、結婚するんじゃアないだろうね。」

「さア……。」

一代は、謎めいた微笑を浮かべた。

「そうだったのか！」

「どうか、奥さまを大事にしてお上げになって。」

「皮肉かね。」

「とんでもございません。」

そういって、一代は、落合の前をはなれて来たのであった……。

とにかく、安子は、

「お父さんのことは、あたしにまかせておきなさいよ。」

と、引き受けてくれて、

「最悪の場合は、家を出て、アパートにでも暮したらいいんですから。」

と、までいってくれたのである。

四

一代は、カウンターの中のレジスターの前に立った。バーテンダーが一人、女給仕が二人いる。三人共、前の店から引き継いだのであった。仕入れその他は、バーテンダーがやってくれたので、落ちがないはずであった。あとは、第一番目の客を待つばかりである。

（どういうお客さまが来て下さるだろうか）

一代は、そういう思いに、胸をときめかしていた。

赤い扉が開かれた。

「いらっしゃいませ。」

女たちが、待っていたようにいった。一代も、低い声でだがいった。とても女たちのような大声は、出せなかった。

「おめでとう。」

第一番目の客は、杉本であったのである。

「あら、杉本さん。」

「まア、杉本さん。」

女たちは、愉しそうにいった。杉本は、一代の前へくると、もう一度、

「開店おめでとう。」

「有りがとうございます。」

一代は、杉本を笑顔で迎えた。第一番目の客が杉本であったことが、何か幸先のいい思いがしていた。

「どうお、マダムになった感じは?」

「無我夢中。何んだか、ぼうっとしております。」

「すぐ、なれますよ。」

一代は、小さな紙包みを差し出して、

「はい。」

「何んですか。」

杉本は、いぶかるようにその紙包みを見ていった。

「杉本さんが、当店の第一番目のお客さまですの。そのお客さまに貰って頂こうと思って、昨日から用意していたんです。」

「そいつは有りがたい。」

杉本は、受け取って、

「何んですか。」

「さア、何んでしょうか。」

「開いて見ていいですか。」

「どうぞ。」

杉本は、バーテンダーや女たちの注目のもとに、その紙包みを開いた。

「こりゃア、ガスライターだ。」

杉本は、嬉しそうにいったが、

「こんな高価な物を貰っていいの？」

と、一代を見た。

「どうぞ。別に、杉本さんだからって差し上げるわけではありませんのよ、第一番目のお客さまですから、ですの。」

「よかったよ、第一番目に来て。」

「その幸せが、この店にもあやかれますように。」

「大丈夫ですよ。」

「保証して下さいます?」

「保証しますとも。第一に、マダムがいいし、それに、この店の改装者がいいもの。」

杉本は、そういうと、テーブルについた。女が寄っていって、

「杉本さん。今日は、天井はダメよ。」

「あたりまえだ。コーヒー。」

「はい。」

杉本は、貰ったばかりのライターをしげしげと見ていた。一代は、昨日のうちに、杉本にお礼ごころとしてやるつもりで買っておいたものである。七千円もした外国製品である。ガスもいれてあった。杉本がパチッとやると、すぐガスが燃え上った。杉本は、煙草を取り出すと、そのガスで火を点けた。それから一代の方を見て、有りがとう、というように頭を下げた。

第二番目の客が入って来たのは、それから二分後であった。

敬老精神

一

「三沢さん、お電話ですよ。」

平太郎の横の席の竜田竜吉がいって、受話器を差し出した。

「有りがとう。」

平太郎は、受話器を受け取ろうとして、竜田の顔が、意味ありげな笑みを含んでいることに気がついた。

「……？」

「……！」

二人は、無言のうちに、目と目で、そういうやりとりをした。

竜田竜吉は、まだ若いのである。二十八、九歳で、独身だった。平太郎と机を並べているせいもあるが、仲がよかった。気も合った。定年を過ぎてからこのR産業株式会社に嘱託として入社した平太郎に、何かといたわるようにしてくれる。いってみれば、敬老精神が豊富なのだ。近頃、稀に見る好青年といってよかった。

(五人も娘がいるのだし、そのうちの一人を気心の知れたこの竜田君が貰ってくれないだろうか)

平太郎は、秘かにそのように思い、近いうちに一度、家へ連れて行こうと考えているのだった。

「女性からかね。」

平太郎は、受話器をおさえて、低い声でいった。

「そうなんです。」

とっさに平太郎は、あの玉子のことを思い出した。玉子には、恨み骨髄なのである。だけでなしに、大恥をかかされた。にもかかわらず、平太郎は、玉子に対して、みれんがないとはいい切れなかった。とにかく、いっしょに風呂に入ったのだし、蒲団の中で、あわやの直前まで行ったのである。その思い出が、まだしつっこく頭の中に残っている。玉子は、あくまで金が目的であった。そうとわかりつつ、平太郎は、二百万円というのは所詮無理だが、

(いっぺんだけで、一万円ぐらいなら出してもいい)

と、それほどに思っていたのであった。

平太郎は、電話に出た。

「もしもし、三沢ですが。」

「ああ、三沢さん。あたし、愛沢でございます。」

期待した玉子ではなかったのである。平太郎は、ガッカリした。その腹癒せもあって、

「愛沢って、どこの愛沢さんですか？」

と、ややつっけんどんにいった。

「あら、お忘れでございますの？」

中年の女らしい声であった。

「どうも思い出せませんなア。」

「あたし、困りましたわ。」

「困るって、いったい、何をお困りなんですか。」

「あのう……。」

「どうか、はっきりおっしゃって下さい。」

「では、はっきり申し上げますが、先日、一代さんに連れられて、お宅へ伺った愛沢安子でございます。」

「あッ。」

平太郎は、狼狽して、

「どうも、失礼いたしました。」

「思い出して下さいまして？」

「思い出しましたよ。」

「あたし、光栄ですわ。」

「しかし、あの話は、せっかくですが。」

「あの、ちょっと。」

と、愛沢安子は、平太郎の口を封じておいて、

「恐れ入りますが、今夜、一時間ほど、おヒマをつくって頂けないでしょうか。」

「今夜ですか。」

「なるべくなら、今夜の方が。」

「いいでしょう。」

「では、七時から七時半頃までの間に、渋谷の赤いトビラという喫茶店にお越し頂きたいんですけど。」

「渋谷の……。」

「場所は。」

と、安子は、そこへの地図をいって、

「今日開店したお店ですの。表に花環が出ていたりしますから、すぐおわかりになると思います。」

「しかし、妙なところでお会いするんですなア。」

「実をいうと、あたしのよく知っている人が経営しているんです。それで、ぜひ一度、見て

頂きたいとも思いまして。」

平太郎は、しばらく考えていてから、

「まア、いいでしょう。」

と、電話を切った。

「いい電話だったんでしょう？」

竜田がいった。

「違うよ。つまらん電話なんだ。」

そういってから、平太郎は、この青年に、何も彼も話しておきたくなった。そうすることによって、わが家の事情の一端を、あらかじめ知らしておくことも、将来のために、あながちムダであるまい、と思ったのである。

「竜田君。君は、僕に年頃の娘ばかり五人あることを知っているだろう？」

「知っています。これでも、その中の一人ぐらい、僕の好きになれそうな人がいないかと、秘かに考えているんですよ。」

「君に、恋人は？」

「過去にありましたが、目下は、孤独を愉しんでいるところです。」

「だったら、こんどの日曜日にでも、家へ遊びにこないか。みんなの顔が揃っているところを見て貰いたい。」

「ただし、念のためにいっておくが、僕は、娘の結婚は、あくまで娘の意思にまかせることにしているんだから。」

「だったら、僕の方も、念のためにお聞きしておきますが、三沢さんは、僕のような安サラリーマンに、お嬢さんを下さいますか。」

「僕は、喜んで。」

「君になら喜んで。」

「有りがたい。」

そこで、平太郎は、その五人の娘たちに五十万円ずつ与えてあることを話して、

「そういう訳だから、そのつもりでいて貰いたい。」

「上等ですよ、上等過ぎるくらいですよ。こうなると、僕は、将来、三沢さんと親子になれる可能性が出来てきたわけですね。」

「そういうことになる。」

「今夜、前祝いにいっしょに飲みませんか。」

「よかろう。七時半までに渋谷へ行けばいいんだから、それまで飲もう。」

「渋谷へは、さっきの電話の女性に会いにいらっしゃるんですね。」

「そうなんだ。が。竜田君、君は、どう思うかね。」

「何んのことですか。」

「どうも、娘たちは、それぞれ年頃になって、僕を邪魔物扱いにしかかっているような形勢にあるんだ。」

「まさか。」

「まさかって、その証拠に、娘たちは、僕に再婚をすすめるんだよ。」

「再婚？」

「それも、中学生の子供のある三十五歳の未亡人なんだ。」

「三十五歳なら申し分ありませんね。」

「君まで、そういうことをいうのか。」

「僕は、三沢さんは、その元気なんだし、再婚なさるんなら大賛成ですよ。そして、だからといって、お嬢さんたちが、三沢さんを邪魔物扱いにしているのだとは思いませんよ。要するに、お父さんの老後をより愉しくして上げようとの娘ごころだと思います。」

「………」

「さっきの電話は、その女性からですか。」

「そうなんだ。」

「いいじゃアありませんか。」

「しかし、僕には、その気持ちはすこしもないのだ。だから、今夜は、そのことをはっきりというつもりだ。」

そのとき、また、電話のベルが鳴った。竜田は、素速く腕を延ばして、受話器を取ったが、

「三沢さん、また、女性からですよ。」

「じゃア、今の女だろう。」

「いいえ、声が違うようです。もっと、若い……。」

「すると、娘かな。」

平太郎が電話口に出ると、いきなり、

「みーさん？」

と、肉感的ななまめかしい声が流れて来た。

(玉子なのだ！)

とたんに、平太郎は、胸が緊めつけられるような懐しさを覚えた。が、そこは、わざと冷静に、

「ああ、三沢だよ。」

「あたし、玉子。あんときは、ごめんなさいねえ。」

「………」

「あら、憤ってらっしゃるの？」

「………」

「無理ないわ。何も彼も、あたしが悪いんですものね。でも、あたし、やっぱり、みーさん

がいちばん好きよ。」

「…………」

「ねっ、大の大の大好き。」

「…………」

「一度、お顔が見たいわ。それとも、みーさんは、今では、あたしなんかの顔を見るのも嫌なの？」

「でもないんだが。」

「あら、ほんと？　嬉しいわ、みーさん。あたしね、こんど、お店を変ったのよ。渋谷の小料理屋で〝美はし〟というの。だけど、新米でしょう？　とっても、肩身がせまいの。可哀そうでしょう？」

「…………」

「ねえ、みーさん。今夜、ちょっとでもいいから来て。みーさんのようないいお客さまが来て下さったら、あたし、きっとみんなから見直されると思うの。」

「…………」

「うんとサービスするわ。だけど、もうこの前のような無理はいわないわよ。ほんとうよ。あたし、誓っていいわ。」

「…………」

「ねえ、黙ってばかりいないで、何んとかいって。来て下さるでしょう?」

「行くよ。」

「ああ、嬉しい。やっぱり、みーさんは、あたしのことを思っていて下さったのね。」

そのあと、玉子は、「美はし」の場所をおしえて、きっとよと念を押しながら電話を切った。平太郎は、いまいましかった。何んという虫のいい女なんだ。しかし、今夜行こうという気持ちになっていた。

「竜田君、僕が再婚したくない理由をわからせてやるから、今夜、いっしょについて来たまえ。」

竜田は、すでに電話の内容を察していたようであったが、

「お供をしますが、渋谷の口の方は?」

「同じ渋谷なんだ。だけど、先の電話の方の口は、すっぽかしたってかまわないんだ。」

「いいんですか。」

「そういうことは、後の口の方を見てからいいたまえ。」

平太郎は、すっかり上機嫌になっていた。退社時刻の五時が今から待ち遠しかった。

二

「ここだな。」

平太郎は、「美はし」という看板の出ている小料理屋の前でいった。この店の奥に、あの玉子がいるのだと思うと、年甲斐もなく胸がときめいてくるようであった。

（しかし、いきなり甘い顔を見せてはならんのだ）

自分に固くいい聞かせていた。結局は、そのようになるにしても、その前にきりっとしたところを見せておく必要がある。でないと、それこそ、癖になる。増長した女ぐらい始末の悪い物はないと、平太郎と雖もちゃんと知っているのであった。

竜田には、前の会社にいた頃に、惚れていてくれた女だ、といってあった。

「へええ、三沢さんにも、そういう艶福があったんですか。」

竜田は、信じられぬようにいった。

「君は、疑ぐっているのか。」

「いえ……。ただ、僕は、三沢さんて、とても固い人かと思っていたんですよ。」

「勿論、僕は、固い人間だ。だからといって、女に惚れられぬとはきまっていないだろう?」

「恐れ入りました。今夜は、とくと拝見させて頂きます。」

「そして、君にも、僕が、赤いトビラの女の方をすっぽぬかしたがっている気持ちがわかるだろう。」

「しかし、僕としては、せっかくのチャンスなのだし、両方を見たいですね。」

「どうしてだ。」

「将来のお義父さんのために、両方をよく比較検討して上げたいんです。」

「そりゃアもう誰が見たって、玉子の方がいいというにきまっている。しかし、いっておくが、僕は、玉子と結婚しようなんて気はない。勿論、愛沢安子さんとも。だが、玉子とは、今後、何んとなくつき合っていきたいという気なら十二分にある。」

「何んとなくねえ。」

「そう、何んとなく、だ。」

あとは察しろ、といいたげな平太郎の口吻であった。ただし、自分でもすこし浮き浮きし過ぎているような気がしていた。しかし、自制が利かなくなっていたのである……。

「入ろう。」

平太郎は、竜田にそういっておいて、硝子戸を開いた。すぐそこは、テーブルがいくつも並べてあって、何人かの客が酒を飲んでいた。あんまり上等の店ではないようだ。

「いらっしゃいまし。」

女が近寄って来ていった。

「ちょっと聞きたいのだが、ここに玉子さんという人がいる筈だが。」

平太郎がいうと、女は、

「玉子さん、玉子さん。」

と、奥に向かって大声でいった。

「はーい。」

まぎれもなく、それは、玉子の声であった。平太郎は、うしろにいる竜田を見て、ニヤリとした。竜田は、ニヤリと笑い返した。

奥へ通じるノレンを割って、玉子が姿を現わした。

「よう。」

先に、平太郎がいった。

「あら。」

玉子がいって、微笑んだ。しかし、そこには、平太郎が予期していたような感激も感動も現われていないようだった。平太郎は、裏切られたような気がした。

「いらっしゃい。」

玉子が近寄って来て、

「二階にお部屋がとってあります。」

「下だっていいんだよ。」

「そんなことをおっしゃらないで。」

玉子は、目にモノをいわせている。平太郎は、うんといってしまった。

「二人なんだ。」

「結構ですわ。」

「僕の会社の竜田竜吉君だ。」

「やア、よろしく。」

「玉子ですの。どうか、よろしくね。」

玉子は、ここではまだ新米のせいか、おとなしい女になっていた。しかし、二人を二階の六畳間に案内して、襖を閉めてしまうと、いきなり平太郎にしがみついて来て、

「みーさん、あたし、お会いしたかったわア、ほんまよ。ほんまにお会いしたかったのよう。」

と、耳許で喘ぐようにいったのである。

その声は、玉子の閨房での喘ぎを連想させるほどであった。竜田は、横を向いてくれている。平太郎は、期待通りになって来た嬉しさと照れ臭さに、

「おい、いきなりは、よしてくれ。」

「いいじゃアありませんか。」

「みっともないではないか。」

「そんなつれないことをいわないでよ、みーさん。」

玉子は、惜し気もなく胸の隆起をぐいぐい押しつけてくるのである。平太郎は、流石に昂奮させられた。もし、竜田がいなかったら、このまま玉子を押し倒して、その唇ぐらい盗んだかもわからないくらいだった。

（竜田なんかといっしょにくるのではなかった）

そうも思った。しかし、平太郎が竜田を連れて来たのには、こういう席での竜田の態度からして、果して、娘の婿にしていいかどうかの判断の材料にしたいとの下心も、多少はあったのである。

「だって、竜田君に悪いじゃァないか。」

「あら、いいわねえ、竜田さん。大目に見てくれるわねえ。」

「どうぞどうぞ。」

いいながら、竜田の方が、すっかり照れていた。竜田からどうぞといわれると、玉子は、却って心境の変化を来たしたのか、自分から平太郎のそばをはなれて、

「いらっしゃいませ。」

と、畳の上に両手をついた。

「竜田君。今夜、君が上席だ。」

「とんでもない。」

「まア、年寄りのいうことは諾いておくもんだよ。」

「では……。」

竜田は、悪辞退をしないで、床の間の席に着いた。尤も、床の間といったところで、かたちばかりで、安物の浮世絵風の掛軸がかかっていた。万事が、安手に出来上っている。襖を

へだてた隣室から、客と女とのやりとりが聞えてくる。これまた、お義理にも上品とはいえない種類のものだった。しかし、そうとわかってしまえば、平太郎にとっても、気が楽であった。

「ビール。それから、お料理は適当に。」

「かしこまりました。」

玉子が部屋から出て行くと、

「おどろきましたねえ、三沢さん。」

と、竜田が待ちかねていたようにいった。

「何が？」

「三沢さんが、いきなりあんなにお持てになろうとは、です。」

「何、そうでもないがねえ。」

平太郎は、アゴを撫ぜたいくらいだった。

「しかも、あの女の色っぽさ。」

「だろう？」

「三沢さん、大丈夫ですか。」

「何んのことだ。」

「あの調子だと、三沢さんは、余ッ程、財布の紐をしっかり結んでおおきにならないと。」

「わかっている。心配してくれなくていいんだ。しかし、僕が再婚したがらない理由が、君にもわかったろう？」

「でも、それは、赤いトビラへ行ってみないことには。」

「しかし、僕は、ここでゆっくりしたくなったのだ。」

「いけませんよ。」

「考えてみたまえ、竜田君。」

「何を、ですか。」

「僕は、今のところ、自由でいるんだよ。その上、あんないい女にぞっこんあんなに惚れられているんだ。ここで再婚してみろ。どういう結果になるか。女房にヤキモチを焼かれて、せっかくあの女に惚れられているのに、極めて不自由なことになるではないか。」

「だけど、その不自由さがいいんじゃアありませんか。」

「君って、想っていたより敬老精神に乏しい男のようだな。」

「いえ。僕は、これでも、将来、あなたをお義父さんと呼ぶことになるかもわからないと思って、一所懸命なんです。」

「そんなことでは、落第だな。」

「すると、三沢さんは、あくまであの女と？」

「まア、これからの次第を見ていたまえ。」

平太郎は、自信に満ちたいい方をした。しかし、一方で、竜田のいい分を有りがたい、とも思っていたのである。娘の婿としての資格がありそうだ。だからといって、こと玉子に関する限り、別なのである。平太郎は、そのように思っていた。玉子は、ビールを持って入って来た。

三

五時四十分頃にここへ来たのだが、すでに一時間を経過していた。まだ、赤いトビラへ出かけるには時間があり過ぎるが、平太郎は、膝をピッタリとくっつけるような玉子のサービス振りに、すっかりいい気になっていた。この分では、あくまでここでねばり、赤いトビラへ行かぬつもりかもわからない。

竜田は、それならそれで仕方がない、と思っていた。もともと、平太郎の娘の一人を、と考えたのは、とっさの思いつきのようなものだし、第一、どんな娘か、見ていないのである。見てみれば、どれもこれも、こちらから願い下げにしたくなるような娘ばかりかもわからないし、かりにそうでなかったとしても、その娘たちには、すでにそれぞれ意中の人があるかもわからない。とすれば、将来、平太郎をお義父さんと呼ぶようになる確率は、極めて低いことになる。アテにしない方が無難であろう。あとは、平太郎なる男を、会社の一嘱託として眺めればいいのである。しかし、竜田は、この平太郎が嫌いではなかった。入社して来たときから好感の持てる人物と思って来たのである。今日だって、誘われて喜んでついて来たのだが、いい年をしながら玉子の歯の浮くようなお世辞に有頂天になっているのは、見ていて、聞いていて、腹立たしいくらいであった。その玉子は、はじめのうちこそ、竜田にもサービスをしていたのだが、酔ってくると、もう竜田のことなんか忘れたように、平太郎の横につきっきりで、三分間に一度の割で、

「あたし、みーさん、大好きよう。」

とか、

「死ぬほど大好きだわア。」

とかいっているのである。

そして、そのつど、

「みーさんは？」

と、聞くのだ。

平太郎の方でも、僕だって、とか、勿論だ、とか、いっているのだが、それでも、時には気がさすのか、竜田に、

「悪く思わんでくれよ。」

と、いうのである。

「どうぞどうぞ。」

答えながら竜田は、阿呆らしいくらいであった。平太郎がバカに見えて仕方がないのである、気の毒になってくる。竜田は、こうなったら、思い切り飲んでやれと、手酌でぐいぐい飲んでいた。しかし、結局は、平太郎のことが気になって、思うように酔えないのであった。

「ねえ、みーさん。」

玉子は、平太郎の膝にしなだれかかっていった。

「何んだね、玉ちゃん。」

平太郎は、玉子の肩を抱くようにしていった。

「あたし、どうして今日みーさんにお電話をしたかわかる?」

「わかるもんか。」

「あら、意地悪ねえ。」

「そんなことあるもんか。」

「ほんとうはね。」

「うんうん。」

「二度とお電話をしないつもりだったのよ。」

「何故?」

「だって、みーさんは、この前のこと、憤ってらっしゃるんでしょう?」

「まア……。」

「ごめんなさいね。あたし、あとですっかり後悔したのよ。」

「わかってくれたらいいんだ。」

「許して下さる？」

「特別に。」

「わッ、嬉しい。やっぱり、みーさんは、いい人なのね。」

「それで、電話をしたのか。」

「違うのよ。昨夜、あたし、みーさんの夢を見たのよ、それがねえ。」

玉子は、下から平太郎を流し見て、

「とっても恥かしい夢なのよ。」

「恥かしい？」

「察して。」

「察するって？」

「あたし、目が醒めてから困ってしまったのよ。みーさんが恋しくて、いとしくて、気が狂いそうだったわ。だから、今日は、憤られるのを覚悟の上で電話をしたら、みーさんは、憤りもしないで、ちゃんと来て下さったんですもの。ねッ、こうなったら、あたし、みーさんから離れないことよ。」

玉子は、平太郎の頬に唇を寄せて、チュッと音をさせた。聞いていて、竜田は、もう我慢がならなくなった。

「ちょっと、お話中ですが。」

竜田がいった。

「あら、何よ。」

玉子は、無粋者を見るような目で、竜田を見た。

「僕は、トイレへ行って参りますから。」

「そんなこと、いちいちことわらなくてもいいわよ。」

「いえ、その間に、今のような話は、すましておいて頂きたいんです。でないと、耳ざわりになって困るんです。」

そういうと、竜田は、立ち上った。廊下へ出た。部屋の中で、玉子の意味ありげな含み笑いの声が聞えた。竜田は、ちぇッと舌打ちをした。面白くなかった。

竜田は、便所へ入って、放尿しながら窓を開いた。涼しい風が吹きつけてくる。渋谷界隈の灯が、目の前に見えていた。時計を見ると、七時を過ぎていた。そろそろ赤いトビラへ出かけなければならぬ時刻なのである。しかし、あの分では、平太郎にその気はなかろう。竜田は、自分が代理で行きたいくらいであった。しかし、それこそ、無用の出しゃばりなのである。

（僕は、三沢さんを思い違いしていたようだ）

それとも、いくら分別のある男でも、中年を過ぎてから遊びを覚えると、あのようなバカになってしまうのであろうか。竜田は、そういう父親を待ち侘びているだろう五人の娘のことを思った。可哀そうに、といいたいくらいだった。しかし、こうなっては、自分の知ったことではないのである。竜田は、場合によっては、平太郎を残して、自分だけ先に帰ってもいいような気がしていた。竜田は、放尿を終ったあとも、便所でねばっていた。出来るだけここで時間を費しておきたいのであった。しかし、十分以上は、どうしてもいられなかった。

その十分が過ぎて、竜田が部屋へ戻ると、平太郎は、一人でいた。が、さっきまでのデレデレした顔とは、まるで別人のような難しい顔をしているのであった。

「どうかなさったんですか。」

平太郎は、ちらっと竜田を見上げてから、流石にきまり悪そうに、

「あとでいう。」

「あとでって、お帰りになるんですか。」

「そう。」

「賛成です、まだ、赤いトビラは、間に合いますよ。」

襖が開かれて、玉子が入って来た。これまた、さっきとは別人のような不機嫌な顔をしていた。十分前とは、二人の間の空気が、百八十度転換していた。その理由は、竜田にわからなかったが、しかし、何んとなく笑い出したいような気分になっていた。

「五千三百円いただきます。」

玉子が白白しくいった。

「高い。」

これは、平太郎でなく、竜田がいったのである。しかし、玉子は、返事をしなかった。平太郎は、ポケットから六千円を出して、

「これで。」

「おつりは？」

「いらん。」

平太郎は、立ち上ると、

「竜田君、さア、帰ろう。」

と、促して、先に立った。

その店の外へ出ると、竜田は、

「いったい、どうなさったんですか、急に。」

「あの女の正体が、今夜こそ、はっきりとわかったんだよ。」

平太郎は、吐き出すようにいった。

「今夜こそ？」

「そうだ、竜田君、君は、今夜の僕が、まるで、バカか阿呆に見えたろう？」

「見えましたよ、残念ながら。」

「その筈だ。だが、あれは、思うところあっての僕の狂言であったのだ。」

竜田は、

（ほんまかいな）

と、いいたいのを我慢して、

「でしょうねえ。でなかったら、正気の沙汰とは思えませんでした。しかし、何故、そんな狂言を演じる必要があったんですか。」

「あの女の本心を深く探りたかったんだ。」

「探れましたか。」

「探れた。」

「如何でした？」

「あの女は、僕からアパートの権利金十万円を出させる魂胆であったのだ。」

「十万円！」

平太郎は、前には二百万円も吹っかけられたのであったといいそうになったが、それをこらえて、

「そうだ、十万円なんだ。あんな女のために十万円なんて出せるもんか。せいぜい一万円ぐらいだ。君だって、そう思うだろう？」

「思いますよ。すると、要するに、あの女は、三沢さんにそれほど惚れていなかったことになるんですか？」

「どうも、そういうことになるよ、竜田君。」

平太郎は、苦笑しながらいった。

「僕は、三沢さんのために、その方がよかったと思います。だって、さっきは狂言とは知らないし、将来、こんな人をお義父さんと呼ぶんだったら嫌だなア、と思いました。」

「一言もない。今夜こそ、目が醒めたよ。」

「赤いトビラへ行きましょうよ。」

「このままでは、多少、良心の呵責を覚えるのだが。」

「何、黙っていれば、わかりっこありませんよ。僕だって、絶対秘密をまもります。」

「しかし、僕には、再婚の意志がないのだよ。」

「ですから、コーヒーだけでも飲んで。」

「………」

「あそこじゃアありませんか、赤いトビラ。表に花環がおいてありますよ。」

その前へ来て見ると、その通りであった。朱一色の扉に「赤いトビラ」と金文字で入れてあるのが印象的であった。

「さア、入りましょうよ。」

しかし、平太郎は、ためらっているようだった。それを見て、竜田は、

「もし、僕がいてはお邪魔なようでしたら、ここで失礼しますが。」

「いや、いっしょにいてほしいのだ。」

四

赤い扉を押して、先ず、竜田が入った。小綺麗な喫茶店であった。が、どの席も満員のようだ。スタンドの前でも飲めるようになっているのだが、そこには、若い娘が四人と、中年の女がいた。

竜田は、この店内に、愛沢安子なる女性がいるに違いないのだからと、そういう目で、そこらを見まわした。しかし、テーブル席にいるのは、若い男女ばかりであった。

続いて、平太郎が入った。平太郎も満員と知って、途方に暮れたようであったが、ふとスタンドの方を見て、

「あッ。」

と、おどろきの声を発した。

その声に、スタンドの五人がいっせいに振り向いた。

「あら、お父さん。」

「お待ちしていたのよ。」

「まア、お酒を飲んでいらっしゃるのね。」

若い女たちは、口口にいった。平太郎は、呆然としていた。

二美子、三也子、志奈子、五百子、そして、安子がいたのである。安子は、椅子から降りるとニコニコしながら近寄って来て、

「ようこそ。」

「これは、いったい、どうしたんですか。」

「今夜は、五人のお嬢さんが全部揃っていらっしゃいますよ。」

「しかし、一代の姿が見えんようですが。」

「いえ、スタンドの中に。」

「何んですって？」

平太郎は、スタンドの中の方を見た。そこに一代の姿を見たとき、平太郎は、飛び上らんばかりにおどろいてしまったのである。一代は、父親に申し訳なさそうに頭を下げた。が、平太郎は、それも眼中に入らぬように、

「一代だけがどうして、あんなところにいるんですか。」

と、詰め寄るように安子にいった。

「だって、一代さんは、今日からこの喫茶店の経営者なんですよ。」

「冗談もいいかげんにして下さい。」

「いいえ、冗談でなく、本当の話なんですよ。」

「しかし、一代は、会社に行っている筈でしょう？」

「お辞めになったんです。」

「辞めた？」

平太郎は、睨みつけるように一代を見た。一代は、もう一度、頭を下げた。そのことは、安子の言葉に嘘のないことを証明しているようであった。

平太郎は、もう何んといっていいかわからなかった。胸底から大きな憤りが噴き上げてくるようであった。

「お父さん。」

三也子がいった。平太郎は、無言のままで、三也子を見た。三也子は、頭を横に振ってみせた。

（ここでは、憤らないで）

そういっているようであった。

「ごいっしょにいらっしたんですの？」

三也子は、更に平太郎のうしろで、呆然としている竜田に気がついていった。平太郎は、やっと、竜田のことを思い出したように、

「そうだ。」

と、いってから、振り向いて、

「竜田君、みんな、わしの娘なんだ。」

竜田は、一歩進み出て、

「三沢さんと同じ会社の竜田竜吉です。」

と、頭を下げた。

「あたし、二美子です。」

「あたし、三也子です。」

「あたし、志奈子です。」

「あたし、五百子です。」

「そして、あたしが愛沢安子です。」

「あなたが。」

「あたしの名をご存じですの？」

「ちょっと、三沢さんから。」

「有りがとうございます。」

安子は、仏頂面をしている平太郎の方をちらっと見てから、

「スタンドの中のお方が、長女の一代さんですのよ。」

竜田には、どの娘も、花が開いたような美しさに見えた。これでは、とても一度に名前は

覚えられない。しかし、この五人の娘のうちなら、誰と結婚してもいいような気がしていた。

客の中に、こっちの異常な空気に気がついて、ジロジロと見ている人もあった。

「お父さん。」

また、三也子がいった。

「何んだ。しかし、わしは、このまま帰りたくなったのだ。」

「いけません。今日は、お姉さんの店の開店日よ。ここへ来て、おめでとうといって上げて。」

「そうよ、そうよ。」

「そうよ、そうよ。」

他の三人は、口を揃えていった。

「竜田さんも、ね。」

三也子がいった。

「はい。おめでとうございます。」

竜田は、一代に向かっていった。

「有りがとうございます。」

一代は、頭を下げた。しかし、平太郎は、まだ、むっとして立っているだけだ。三也子は、椅子から立って、

「お父さん。」

と、その手を持って、自分が今まで掛けていた椅子のところへ引っ張って行き、

「お父さんの席はここ。」

平太郎は、無言のままで、三也子の言葉にしたがった。その間に、他の姉妹たちが席を移っていて、平太郎の隣に、竜田が腰を掛け、結局、二美子、三也子、竜田、平太郎、志奈子、五百子の順になり、安子だけは椅子が足りないので立つことになった。

父親の孤独

一

「一代さん、お父さんと竜田さんに、コーヒーを差し上げたら？」

安子がいった。

「はい。」

一代は、ちらっと父親を見てからいった。しかし、平太郎は、まだむうっとしているだけだった。わめきたいのを、場所柄を考えて、かろうじて我慢しているようであった。だが、そのとき、平太郎は、憤りとは別に、あの夜、庭の隅で泣いていた一代の姿を思い出してい

たのである。あの涙は、失恋のせいだったに違いなかろう。してみると、一代は、失恋の結果、こういう道を選んだのであろうか。

（可哀そうに……）

しかし、そのことと、父親に無断で、こういう店を開くこととは、別の問題なのである。まるで、父親をないがしろにしていることになる。絶対に許すわけにいかない。でないと、他の四人の娘に対して、今後のしめしがつかないことになる。

もう一つ、どうにも気に入らないのは、愛沢安子の出しゃばりであった。人をペテンにかけて呼び出したようなものだ。失礼である。これまた、このまま放っておくと、今後中年女の厚かましさで、何をしでかすやらわからないことになる。平太郎にとって、殊に不満だったのは、五人の娘たちがそれぞれこの安子とひどく親しげにしているらしいことだった。安子の方でも、それでいい気になっているようだ。

（ふん、誰がこんな女と結婚なんかしてやるものか！）

平太郎は、そう心に誓って、さっきの玉子を思い出した。屈辱の思いが込み上げてくるようだ。今夜こそ、あの女の正体がわかったし、二度と会いに行こうとは思っていない。しかし、そうなると、これからの人生は、凡そ、味気ないものになっていきそうだ。一代は、この通りだし、他の娘たちも、早晩、結婚のために家を出て行くだろう。その淋しさが、今から思いやられた。過去、いくたびかそういうことを思って来たのだが、今夜は、特別に強く感じられてくるようであった。

ときどき、客の出入りがあって、とにかく繁昌しているようである。

やがて、平太郎と竜田の前に、コーヒーがおかれた。

「どうぞ。」

一代は、まだ、父親の思惑を気にしながらいった。

平太郎は、手を出そうとはしなかった。三也子は、そういう父親のために、ミルクと砂糖を入れてやった。

「すみませんが、僕にも。」

竜田がいった。三也子は、

（まア、厚かましい）

と、思いかけたのだが、竜田がニコニコ顔でいることに気がつくと、つい微笑してしまった。

竜田は、一口飲んで、

「こりゃアうまい。いくらですか。」

「五十円でございます。」

一代が答えた。

「五十円でこんなうまいコーヒーが飲めるんなら上等ですよ。僕は、これからときどき来ます。」

「ぜひ……。」

「三沢さん。とってもうまいですよ。」

「……………」

たまりかねたように三也子が、

「お父さん、飲んで上げて。」

「わしは、こんなコーヒーなんか、飲みたくない。」

「そんなことをおっしゃったんでは、一代お姉さんが可哀そうじゃァありませんか。」

「わしの方が、もっと可哀そうだよ。」

「あら、そうか知ら？　あたし、お父さんは、きっと喜んで下さると思っていたのに。」

「バカなことを。」

「だけど、あたしたちは、みんなでさっきからお姉さんのために祝福してあげてたのよ。」

「しかし、わしは、そんな気持ちになれんのだ。」

「お姉さんにとって、これが生きるための最後の道であったとわかっても？」

「最後の道？」

「ただし、それは、あたしの想像。だって、お姉さんが、こんな商売を自分ではじめるなんて、よくよくのことだとお思いになりません？」

「だったら、どうして事前にわしに相談しなかったんだ。」

「では、もし相談したら、お父さんは、お許しになりまして？」

「許すもんか。」

「だからなのよ。」

「何が、だからだというのだ。」

「許されないとわかっている以上、ちゃんとした既成事実をつくってしまうことは、一つの戦術として認めていいでしょう？」

「娘の癖に、父親にそういう戦術を使ってもいいと思っているのか。」

「あたしは、いいと思うわ。」

三也子は、あくまで負けていなかった。他の姉妹は、じいっと耳を傾けている。同じく聞いていて、竜田は、

(何んというしっかりした娘であろうか)

と、思っていた。

それも自分のためにでなく、姉のための弁護であることが気持ちよかった。竜田は、五人の娘のうちの三也子に、先ず印象づけられた。しかも、三也子の顔立ちは、竜田の好みに合っていた。

(この娘となら結婚してもいいな)

そのためには、三也子の援護をしておいて、先方の印象をよくしておくことも必要である。

「僕も、今のご意見に賛成ですね。」

「有りがとう。」

三也子がいった。

「君は、しばらく黙っていてくれ給え。」

平太郎は、竜田に苦虫を嚙みつぶしたようないい方をした。

「はい。」

「では、お父さん。」

「何んだ。」

「一代お姉さんが、どうしてもお父さんが反対なのなら、家を出るとおっしゃったらどうなさいますか。」

「家を出る？」

平太郎は、ちらっと一代を見た。一代は、青い顔で、まるで罪人のようにうなだれていた。しかし、それは三也子のいうことが嘘でないとの決意を物語っているようでもあった。

平太郎は、黙り込んでしまった。

それまで黙っていた安子は、漸く自分の出番が来たように、

「実をいいますとね、三沢さん。」

「何んですか。」

「あたし、一代さんにこの店を開く前にご相談を受けたんですよ。」

「しかし、あなたは、わが家とは、何んの関係もないじゃアありませんか。ここで、あらためていっておきますが、僕は、あなたと結婚する意志は、毛頭ありませんからね。」

安子は、にっこりとして、

「わかっております。あたしの方にも、そういう気が毛頭ございませんから、どうかご安心を。」

「だったら、どうしてそういう出しゃばりをなさるんですか。」

「こう見えても、わたしは、一代さんのお友達なんですよ。友達として、そういう相談を受けるのは、一向に差支えがない、と思うんですが。」

「僕のいいたいのは、何故その前に、父親である僕に相談しなかったか、ということですよ。」

「結局、そこらが父親の限界なんじゃアございません?」

「限界?」

「年頃の娘には、女親にはいえても、男親にはいい悪《にく》いことがたくさんあるもんです。それくらいのことは、おわかりでしょう?」

「しかし、僕としては、その両方を兼ねてやっているつもりでした。」

「それが、ダメだったんですよ。そのことが今日の結果になって現われたのだとお思いになりません?」

平太郎は、やり込められたように口惜しかった。しかも、一人として、自分の味方をする者は、いないのである。まるで、安子とぐるになっているようだ。平太郎は、残念であった。父親の孤独というようなものを痛感させられていた。またしても、さっきの玉子の仕打ちが思い出されてくる。孤独感がつのってくるばかりであった。このまま、席を蹴って外へ出たいくらいだったが、しかし、そんなことをしたら、以後五人の娘の全部から白い目を向けられそうで、その勇気もなかった。

平太郎の前のコーヒーは、まだ手をつけられないままにしてあった。

二

しばらくたって、また、安子がいった。

「二美子さんは、お姉さんがこういう店をお持ちになったことについては?」

「賛成です。」

「次は、三也子さん。」

「あたし、大賛成です。」

「では、志奈子さんは?」

「あたし、さっきからボーイフレンドを連れてこようと思っていたくらいですから。」

「まア、志奈子さんに、ボーイフレンドがありましたの？」

「三人ぐらい。」

「いいわねえ。だけど、そういうことは、あらかじめ、お父さんにご相談なさっておかないと。」

「あら、どうしてよ。」

「あとで、叱られましてよ、今夜のように。」

「だったら、あたし、その前に、小母さんに見ていただくわ。」

「お安いことですわ。」

「そして、今夜のように、あたしの味方になってね。」

「いいですとも。ただし、あたしの眼鏡にかなったらですよ。でも、連れてくるのは、なるべく一人だけにして下さいね。三人なんて、面倒臭いから。」

「そうね、わかったわ。」

志奈子は、そのとき、本間哲夫、尾崎良彦、そして、久保隆太の三人を思い出していたのであった。志奈子は、この三人のうちの誰かと結婚することになるだろう、と思っていた。三人とも、自分を好いてくれていることには間違いないのである。しかし、志奈子は、あと二カ月もしたら、三人のうちの一人と接吻しなければならないのだ。接吻なんかどうでもいいようなものだが、しかし、せっかくするんなら、結婚する男としたいのであった。志奈子は、あの三人のうちの誰を連れて行っても、安子は、満足してくれるのではないか、と思っていた。

（でも……）

志奈子は、そのとき、久保隆太を思い出していた。しかし、三人が出した利殖の案のうち、久保が持って来たO証券の投資信託は、今のところ最も成績が悪いのであった。志奈子は、自分が間違っていたのでなかろうか、と思いはじめていた。

「次は、五百子さんの番よ。」

「賛成です。」

「では、ついでにお聞きしますが、ボーイフレンドは？」

「まだよ。」

「そうね。五百子さんは、十九歳なんだし、急ぐことはないわ。さっき、聞き忘れたけど、二美子さんは？」

「あたし、間に合っています。」

「ご立派。三也子さんは？」

「ないわ。」

「そうそう。三也子さんは、そのうちに旅に出て、素敵な恋人を見つけてくるのが夢でしたわね。」

「おかしい？」

「いいえ、ちっとも。」

いってから安子は、竜田に、

「竜田さん、これで、だいたい三沢家の家庭の事情がおわかりになったでしょう？」

「わかりました。」

「こんどは、あなたの番ですよ。」

「先ず、この店の開店に賛成いたします。」

「有りがとう。」

「実は、三沢さんに五人の娘さんがあると聞いて、うちの一人ぐらい、何んとかならないものかと思っていたんです。」

竜田の率直ないい方に、五人は、五様の笑みを洩らしたようであった。

「そのために、この三沢さんをお義父さんと呼ぶようになるのではないか、と思っていたんです。ところが、たった今、その確率が五分の二に過ぎないことがわかりました。」

「残念？」

「いいえ、その方が目うつりがしなくて、却って、いいですよ。」

「そうすると、三也子さんと五百子ちゃんが、差し詰めの候補ということになりますね。」

「そうなんです。どうか、よろしく。」

竜田は、先ず、三也子に頭を下げてから、次に五百子にも同じようにした。三也子は、鷹揚に微笑しただけだったが、五百子は、あかくなっていた。

平太郎は、さっきから聞いていて、わが家の家庭の事情でありながら、初耳なことの多いのにおどろいていた。安子が、わざと一代について質問をしなかったのは、それ相応の理由があってのことのようだ。そこが、安子の思いやりでもあったのだろう。それにしても、五人の娘が、こうまで安子に懐《なつ》いているのは、思いがけなかった。これでは、父親である自分なんか、いてもいなくてもいいようなものである。平太郎は、自分の敗北を意識していた。勿論、強引に我を通すことだって出来るのだ。が、その結果は、ますます父親の孤独を感じさせられるのではなかろうか。

「さア、三沢さん。」

安子がいった。平太郎は、黙って、安子を見た。もうさっきまでの苦虫を嚙みつぶしたような顔はしていなかった。寧ろ、弱弱しい表情になっていた。

「一応、みんなの意見が出ましたよ。あとは、お父さんとしてのご意見を、どうぞ。」

「その前に、一代に聞いておきたいことがある。」

「はい。」

「この店を開くについての資金は、どうして工面した。」

「お父さんから頂いた五十万円に、自分の貯金が十五万円、退職慰労金が十五万円、それに五百子ちゃんから十万円を借りたのです。」

「五百子、本当か。」

「はい。」

「だったら、どうしてそのとき、わしにいわないのだ。」

「だって、あれは、もうあたしのお金でしょう?」

平太郎は、またしても詰ってしまった。そういう約束であったのだ。今更のように、娘たちに五十万円ずつわけたことの当否について、考えさせられた。あの五十万円がなかったら、一代も、こんな店を開く気にならなかったに違いないのである。

「その他に、借金はないのか。」

「ありません。」

「とにかく、わたしに内緒でこういう店のマダムになるなんて、以ってのほかのことだ。」

「すみません。」

「きつく、叱っておく。」

「すると、許して上げて下さるんですね。」

安子がいった。その安子を、平太郎は、ジロリと見て、

「だいたい、あんたは、出しゃばり過ぎますぞ。」

「悪うございました。」

「そうですとも。」

「今後、十分に気をつけますから。では、今夜は、出しゃばりついでに、もう一つ。」

「もう一つ？」

「一代さん。お父さんのコーヒーは、冷えてしまっていますよ。新しいのと代えて上げたら？」

「いや。わしは、これでいい。」

「まア、そうおっしゃらないで。今夜は、開店祝いですから、冷えたコーヒーなんて、縁起でもございませんわ。」

平太郎は、敢て反対しなかった。新しいコーヒーのくるのを、じいっと待っている。平太郎の横顔には、さっきまでなかった明るさが漂っていた。あきらめから来た明るさであったろうか。

新しいコーヒーが、平太郎の前におかれた。三也子がさっきのようにミルクと砂糖のサービスをした。平太郎は、スプーンでそれをよくかきまぜてから、ゆっくり口へ持っていった。五人の娘と、竜田、そして、安子が、それに注目していた。平太郎は、一口飲んだ。

「おいしいでしょう、お父さん。」

三也子がいった。

「嫌なお父さん。こうなったら、はっきりとここのコーヒーはおいしいから、ときどき飲みにこようとおっしゃいよ。」

「まずくはない。」

「ああ、そうしよう。」

緊張していた一同の表情が、ほっとして崩れた。

「よかったわねえ、お姉さん。」

「これで、あたしなんかも、安心してこれるわ。」

「おめでとう、一代さん。」

一代は、もう涙ぐんでいた。結局は、安子のお蔭なのである。安子に相談したことがよかったのである。一代は、そういう思いを込めて、安子の方を見た。安子は頷き返した。

そのとき、新しい客が入って来て、

「ああ、お腹が空いたなア。悪いけど、ライスカレーを取って貰えませんか。」

と、大声でいった。

一同は、おどろいたように振り返った。杉本は、ちょっとてれて、

「どうも。」

と、会釈しておいて、空いた席へ行きかけた。

「杉本さん。」

一代は、呼びとめて、

「ご紹介します。今日の開店祝いに、家族全員が来てくれていますのよ。」

「それはそれは。」

「お父さん。このお方は、杉本さんとおっしゃって、ここの二階の建築事務所にいらっしゃるんです。この店の模様替えは、杉本さんがやって下さったんです。」

「父親です。」

「杉本です。どうか、よろしく。」

「あたし、二番目の二美子です。」

「三番目の三也子です。」

「四番目の志奈子です。」

「五番目の五百子です。」

「僕は、三沢さんと同じ会社に勤める竜田竜吉です。」

「そして、あたしは、一代さんの友達の愛沢安子ですのよ。」

杉本は、やたらペコペコと頭を下げているだけであった。恐らく、さっきの竜田のように、これでは一度に名前を覚えられないと思っているに違いないだろう。竜田は、おかしかった。しかし、自分と同じ年頃だし、気持ちのいい男のような気がしていた。

「一代。この店は、ライスカレーなんかも出来るのかね。」

平太郎がいった。

「いいえ。杉本さんには、特別に近くのお店から取って上げるんです。」

「ああ、特別ですのね。」

安子がいって、あらためて、杉本を見た。

三

一カ月ほど過ぎた。

今日は、今関正資と野田清子の結婚式の日であった。すなわち、五百子が広瀬を通じて貸した十万円が、ついに実を結んだのである。約束通り、五百子は、その結婚式に招待された。結婚式といったところで、新宿のM会館で、極く簡素にやっただけであった。そのために集まったのは、二人の友人十数人であった。

清子の叔父は、この結婚に憤って、叔父と姪の縁を切るといい、とうとう出席しなかった。叔父が今関のところへ呶鳴りこんだという余録までついていた。しかし、今関は、一歩も譲らなかったので、叔父は、

「この姪泥棒めが。」

と、罵倒したそうだ。

今関は、その言葉に、この叔父の人柄がわかり、姪を愛しているのではなく、利用しよう

としているのだ、と思った。そうなれば、ますます清子をこんな叔父に委《ゆだ》ねておくわけにいかないのである。清子を幸福にしてやれるのは、この世で自分だけなのだ、と信じるようになった。一日も早く結婚してしまうことである。しかし、そういう決意も、五百子の十万円があったればこそであろう。

今関のモーニングも、清子の洋式の花嫁衣裳も、この会館で借りたものであった。二人は、このあと、新婚旅行をかねて、盛岡にいる今関の母親に会いに行くことになっていた。

「とっても、お綺麗ね。」

五百子は、横にいる広瀬にささやいた。

「そう。」

広瀬は、頷いておいて、

「しかし、君だったら、もっと綺麗な花嫁さんになるだろうな。」

「お世辞？」

「本音だよ。」

「どうも、有りがとう。」

五百子は、ふっと自分の花嫁姿を頭に描いた。いつのことかわからない。自分では、二十二歳ぐらいになって、と思っているのである。

しかし、その前に、結婚してもいいような人が現われ、自分もその気になったら、別に二十二歳まで待つ必要がないのである。五百子は、そういう日のくるのが待ち遠しいような気分になっていた。

「しかし、君は、いいことをしたよ。」

広瀬がいった。

「そう思って下さる？」

「君だって、そう思っているだろう？」

「思うわ。」

「僕のお蔭なんだからね。」

広瀬は、威張ったようにいった。五百子は睨みつけて、

「だけど、その全責任は、広瀬さんにあることをお忘れにならないでね。」

「大丈夫。まかせておいて貰いたい。」

「本当をいうと、広瀬さんて、あたし、あんまり信用出来ないのよ。」

「そんなことあるもんか。」

「だって、いつかお貸しした六千円のうち、まだ三千円残っていましてよ。」

「そのうちに返すよ。」

「そのうちって、いつ？」

「そうだな、来月の月給日に。」

「利息もよ。」

「わかっている。しかし、日歩十銭ていうのは、高いぞ。」

「今頃、そんなことをおっしゃってもダメです。」

「まア……。」

広瀬は、アイマイにいって、譲歩した。もし、譲歩しなかったら、どんな手段を取られんとも限らないのである。五百子とは、そういう娘なのだ。しかし、広瀬は、五百子が、たとえ日歩十銭にしたところで、今関に十万円を貸したことで、大いに見直しているのであった。

そのあとの披露宴は、紅茶にサンドイッチという簡単なものであった。花嫁花婿を中心にして、テーブルを囲んだ。酒好きの広瀬は、酒が出ないので、ちょっと残念そうにしていた。

花嫁花婿は、このあとすぐ旅に出られるように、すでに平服に着換えていた。

清子は、つつましくうなだれているが、ときどき、五百子の方へ微笑みかけてくる。五百子は、そのつど微笑み返しながら、

（この人は、きっと、幸せになれるわ）

と、思っていた。

友人たちが、思い思いにテーブルスピーチをやった。広瀬の番になった。広瀬は、立ち上ると、

「今関君、おめでとう。清子さん、おめでとう。僕のいいたいことは、みんな先にいってし

まいましたから、今更、何んにもいうことはありません。が、今日の今関君を見ていて、つくづく幸せな奴だ、と思いました。今日までに、いろいろと苦労した甲斐があった、と思いました。僕は、羨ましいのです。こうなると、僕も一日も早く結婚したくなった、と告白します。」

と、いって、ちょっとてれたように着席した。

笑声と拍手が起こった。次は、テーブルの順からいって、五百子の番である。人人は、それを促すように五百子を見た。中には、五百子がどういうわけでここに出席しているのかわからず、はじめからいぶかるように五百子を見ていた人もいたのである。

「君の番だよ。」

広瀬がいった。

「あたし、困るわ。だって、そういうことをすこしも考えていなかったんですもの。」

五百子は、狼狽しながらいった。それを見て、花婿の今関が、つと立ち上って、

「途中ですが、私から三沢五百子さんのことについて申し上げます。本来なら、広瀬君がいうべきところでしょうが、広瀬君は、これで案外な羞かみ屋でして……。」

人人は、笑った。清子も笑った。やっと、気楽になって来たようであった。広瀬は、苦笑しながら今関を睨んだが、今関は、ニヤッと笑い返しておいて、

「三沢五百子さんは、広瀬君と同じ会社にお勤めです。実をいうと、私たちが結婚するにつ

いて、いちばん困ったのは、アパートを探すことでした。その他、あれやこれやでどうしても十万円の金が必要でありました。その十万円を貸して下さったのが、この三沢五百子さんなのであります。」

人人は、ほうというように五百子を見た。五百子は、あかくなっていた。

「その十万円というのは、五百子さんが、お父さんから結婚資金としてお貰いになった大切なお金なのです。私たちは、涙が出るほど有りがたいと思いました。一年以内には、きっとお返しいたす決心であります。ただ、ここで心配なのは、五百子さんが、その一年以内に結婚されたらということであります。ですから、どうか、一年だけ、結婚なさらないでいただけたらと思っております。しかし、絶対にとは、申しません。そのときは、どんな手段を弄してでも、お返ししなければならぬと考えております。でないと、今日のご好意に酬いることにならないからであります。」

そこで、今関は、いったん言葉を切っておいて、

「さっきから私は、ここにいて、広瀬君と五百子さんの並んだ姿を見ていて、ふっと思ったのであります。やがて、この二人は、結婚するのではなかろうか、いや、結婚したら、全く似合いのご夫婦が出来るのではないか、とであります。」

人人は、いっせいに二人の方を見て、拍手をした。五百子は、真ッ赤になってしまったが、広瀬は、嬉しそうにニコニコしているのである。

「今の皆さんの拍手は、私の言葉に賛成して下さったものと思います。五百子さん、広瀬君は、なかなかいい男です。信頼出来る男です。すでに、そのことにお気づきかも知れませんが、広瀬君の密やかな私への告白によると、五百子さんは、結婚の相手として、自分なんか眼中においてないようだ、と悲観しておりました。どうか、考え直してやって下さい。そして、出来ることなら、一年後に結婚して下さると、私たちも大変たすかるのだが、とつけ加えさせていただきます。」

そういって、今関が着席した。そのあと、五百子は、夢中で立ち上っていた。そうなったら、何か喋らぬわけにいかないのである。五百子は、ちょっと考えるようにしていた。人人は、五百子が何を喋るつもりなのか、と大きな期待を寄せていた。そして、その目の半分は、広瀬に注がれていた。

「本日は、おめでとうございます。また、私のささやかな力添えを、あんなにも喜んで下さって、私は、今こそ、本当によいことをしたような気になっております。でも。」

「…………」

「…………」

「広瀬さんのことは、困ります。だって、広瀬さんて、お酒飲みで、浪費家で、私の結婚の相手としては、完全に落第であります。あたし、今日まで、そういうことを考えたことがありませんし、今後も考えることがないと思います。以上、ちょっと、念のために。」

五百子は、着席した。

「広瀬君、一言あって然るべきだよ。」

広瀬が立ち上った。

「では、一言だけ。今の五百子さんの言葉は、僕にとって、大変残念であり、残酷でありました。」

「それだけかね。」

「では、お言葉に甘えて、もう一言。僕は、五百子さんが何んといおうとも、結局は、僕と結婚することになるだろうと思っております。」

広瀬のいい方は、堂堂としていて、すこしも悪びれていなかった。

人人は、いちだんと、強い拍手を送った。清子すら拍手をしている。五百子は、圧倒されそうになっていた。

四

「さっきは、どうして、あんなことをおっしゃったのよ。」

五百子は、責めるようにいった。

「はッはッは。」

広瀬は、大口を開いて笑った。

「あたしにとって、笑いごとじゃアないわ。」

「だろうなア。」

「だったら、何んで、お笑いになったりするのよ。」

「まア、憤るなよ。」

「あたし、いい恥をかいたわ。」

「いい恥をかいたのは、寧ろ、僕の方なんだよ。あんなに人前で、ボロクソにいわれて、自殺したいくらいだったよ。」

「嘘おっしゃい。」

「はッはッは。」

広瀬は、また笑って、

「だけど、僕は、君が好きなんだよ。前は、それほどに思っていなかった。日歩十銭だなんていい出したときには、何んてちゃっかりしているんだろう、と思ったくらいだった。」

「それを承知で、お借りになった筈よ。今更、そんなふうにいわれては、あたし、心外だわ。」

「わかっているさ。が、今関のために、十万円を貸してやってくれてから、すっかり見直したんだ。」

「あたしの目的は、日歩十銭にあったんですからね。お生憎さま。」

「かりにそうであったとしても、立派だったよ。この娘は、決して、金のドレイになることはないだろう、と思ったんだ。同時に、結婚するなら、この娘とだ、と決心したんだ。」

「あたし、固くお断わりよ。」

五百子は、わざと冷たくいったが、満更でないような気がしていた。勿論、結婚の相手として、この広瀬なんか落第なのだ、との思いには変りがなかった。

しかし、そういう男からでも、とにかく、求婚されたのである。はじめての経験であった。

（あたし、これで一人前の娘になっているんだわ）

そういう自信を得られたことは、有りがたかった。これからは、もっと胸を張って、街を歩けそうであった。

二人は、M会館を出てから、新宿の街を歩いているのだった。上野駅まで送ろうといったのだが、それは、今関たちの方で辞退した。別れぎわに、清子は、

「広瀬さんて、本当にいいお方なんですよ。」

と、わざわざ、五百子にささやいたのである。

五百子は、笑い返しただけだが、しかし、清子までがこのようにいうのだから、広瀬には、まだ自分の気づかぬいいところがあるのだろうか、と思わせられたほどであった。

「あの二人、もう汽車にお乗りになっているわね。」

広瀬は、腕時計を見て、

「七時二十分だ。あと五分で発車だよ。」

「どんな気持ちか知ら。」

「要するに、胸をわくわくさせているんじゃアないか。嬉しいような、不安のような。」

「そうねえ。」

五百子は、そういう二人の姿を想像するように遠くを見つめた。広瀬は、それとなくそんな五百子の横顔を見ていた。

(好きなのだ)

いったんそう思い込むと、無性に好きになってくる。しかし、さっきは、物の見事に断わられたのである。だからといって、広瀬は、決して絶望していなかった。そのうちに何んとかなるだろう、と思っていた。また、そう思っていないことには、やり切れないのである。

「どっかで、お茶でも飲もうか。」

「いいわ。」

「勿論、僕がおごらせて頂くが。」

「当然よ。」

いってから、五百子は、ふっと思いついたように、

「ねえ、渋谷へ行かない?」

「渋谷?」

「そうよ。」

「わざわざ、渋谷まで、お茶を飲みに行くのかい。」

「今まで内緒にしていたけど、あたしのいちばん上の姉が、渋谷で、喫茶店を開いていますのよ。だから、せっかくお茶を飲むんなら、姉の店で飲んで上げて。」

「いいとも。」

「そのかわり、電車賃は、あたしが持ってもいいことよ。」

「まア、今夜は、まかせておいて貰おう。そのかわり、月給日までに足りなくなったら、日歩十銭で頼む。」

「ダメ。」

「ダメって、その方が、君の儲けになるんだよ。」

「あたしは、もう金貸しは廃業したのよ。前にいった筈よ。ですから、そのつもりでいてね。それから、もし広瀬さんが……。」

「何？」

「あたしに、今よりもすこしでも点数を上げたいとお思いなら、今後、絶対に借金なんかしないことだわ。」

「しめた！」

「しめた？」

「君がそういうように親切にいってくれるということは、それだけ、僕の方に心が傾いて来た証拠なんだよ。」

「うぬ惚れないで頂戴。」

「いや、僕は、あくまでうぬ惚れているよ。今後、僕は、徹底的にうぬ惚れるから、そのつもりでいて貰いたい。」

「そんなことをしたら、あたし、ますます嫌いになるわ。」

「困るのは、君の方だよ。」

「まア、どうしてよ。」

「好きな男に対して、嫌っているような振りをするなんて、辛いもんだよ。」

五百子は、もうあきれてものがいえないくらいだった。しかし、こういうように広瀬といい合いをしていることが、すこしも不愉快ではなかった。何んとなく愉しくなっていた。

二人は、国電に乗って、渋谷で下車した。

五百子は、一代の店へ行くのは、開店の日と、その後一人で一度行っているので、今日で三度目であった。十万円の債権者である以上、ときどき、店の繁昌振りを見ておく必要もあるわけだった。が、いつだって、何人かの客がいた。

「この分だと、五百子ちゃんに迷惑をかけなくてすみそうよ。」

一代は、そういっていた。その一代は、家にいるときも、以前にくらべて、明るくなったようであった。

　五百子は、一代が、喫茶店を開くにいたった事情については、何も知らされていない。しかし、何か深い経緯があったに違いない、と察していた。

「ここよ。」

　五百子がいった。

「ほう、赤いトビラか。なかなか、しゃれてるんだな。」

　広瀬がいった。

「コーヒーが五十円。安いでしょう？」

「たしかに安いな。だけど、ビールはおいてないの？」

「あるもんですか？」

「残念だな。」

「飲みたいの？」

「せっかく今関が結婚した日だから、何んとなくカンパイしてやりたくって。」

「だったら、よそへ行って飲んで頂戴。」

「いや、今夜は、コーヒーで我慢するよ。一杯五十円のコーヒーでね。だったら、いいだろう？」

　広瀬は、ちょっと五百子の機嫌を取るようにいった。五百子は、くすっと笑った。しかし、ライスカレーだって外から取れるのだから、姉に頼めば、ビールだって取れるのではなかろうかと思っていた。

二人は、「赤いトビラ」の赤い扉を押して、中へ入っていった。

万に一つ

一

「あら。」

入って来た広瀬と五百子を見て、一代がいった。

「あら、あら。」

これは、満面に笑みをたたえた安子であった。安子は、開店以来、五日に一度は来ているらしいのである。

「まア、小母さん。」

五百子は、明るい笑顔でいった。それから安子の目が、広瀬に注がれていることに気がつくと、ふっと顔をあからめた。しかし、それを隠すようにして、

「お姉さん、お客さんを連れて来て上げたわよ。」

「有りがとう。」

一代も亦、さっきから広瀬を見ていたのである。二人の関係は、どういうことなのかわからないが、妙な男とはいっしょに来て貰いたくなかった。その点、この広瀬ならまともな男の部類に属するようだった。一代は、こんな商売をはじめて、多少男を見る目が出来たような気がしていた。今では、どうしてあんな落合英二のような男に惚れてしまったのだろうか、と思っていた。しかし、だからといって、落合への未練がないわけではなかった。もし、落合がこの店を嗅ぎつけて姿を現わしたら、心の動揺を禁じ得ないのでなかろうか、と思っているのだった。あくまで拒絶し得る自信がなかった。

「会社の広瀬さん、よ。」

「広瀬です。どうか、よろしく。」

「姉です。いつも、妹がお世話になっております。」

「とんでもない。お世話になっているのは、実をいうと、僕の方なんですよ。」

「こちら、愛沢安子さん。」

五百子は、そういってから、

「何んといったらいいのか知ら。あたしたち姉妹の相談相手で、ひょっとしたら、将来、父のお嫁さんになって下さるかもわからないお方。」

「有りがとう、五百子さん。」

安子は、ニッコリしていってから、広瀬に、

「今の五百子さんのお言葉、お聞きになりましたわね。」

「聞きました。すると、かりに僕が五百子さんに結婚の申し込みをする場合、あなたのお眼鏡にかなうことも一つの条件になるんですか。」

「頭のいいお方ですこと。」

「でしたら、どうか、くれぐれもよろしく。」

「はい、わかりました。」

二人は、他の客の邪魔にならないように、そして、一代や安子と近い位置にいられるために、スタンドの椅子に腰を下した。

「コーヒーをお願いします。」

広瀬がいった。

「あら、コーヒーでいいの？」

五百子がいった。

「だって、この店、ビールはおいてないんだろう？」

「そうよ、でもね。」

五百子は、一代を見て、

「今夜だけ特別に、ビールを取って上げて下さらない？」

と、甘えるようにいった。

一代は、微笑した。今の言葉で、五百子は、この広瀬を愛しているのだ、と思った。そして、それに反対する理由が、見つからないようだった。が、一代は、安子を見て、

「どうしましょうか。」

「杉本さん用に取ってあるのを一本だけ、まわして上げたら？」

「あら、杉本さんも、ここでビールをお飲みになるの？」

「特別の場合だけですよ。」

安子が、一代にかわっていった。

「だったら特別に広瀬さんにも出して上げて。」

「いいわよ、五百子ちゃん。」

一代は、優しくいった。

「有りがたい。」

広瀬がいうと、安子は、

「そんなにビールがお好きですか。」

「好きですが、そう毎日飲んだりしません。だって、月給は、まだ、二万円ぐらいですからね。」

「すると、今夜は、何か特別に嬉しいことがありましたの？」

「ございました。友達が結婚したのです。今は、その帰りなのです。」

「それだったら、おめでたいのですのね。あたしはまた、ヤケ酒かと思って、心配していたんですよ。」

「そのご心配なく。しかもですよ、小母さん。」

そこまでいってから広瀬は、気がついたように、

「いきなり小母さんなんていって、失礼ですか。」

「いいえ、小母さんで結構ですよ。」

「では、小母さん。」

「はいはい。」

「その友人が結婚出来たのは、全くこの五百子さんのお蔭なんですよ。」

「まア。」

安子と一代は、思わず、五百子を見た。

「お喋りねえ。」

五百子はいったが、しかし、かならずしも責めている口調ではなかった。

そこへ、ビールが来た。

「五百子さん、お酌をして上げたら？」

安子がいった。

「嫌だわ、あたし。」

「残念。」

「では、小母さんが。」

「有りがたい。」

広瀬は、安子の注いでくれたビールを飲んで、

「五百子さんのお蔭であるいわれを話しましょうか。」

「ぜひ。ねえ、一代さん。」

「はい。」

こんどは、五百子も反対しなかった。寧ろ、喋って貰いたいような気分になっているようだった。

広瀬は、日歩十銭で、五百子から借金するようになったことから、今日の結婚までのことを話し、

「五百子さんの十万円があったればこそ、今日、世にも幸せな夫婦が誕生したんです。勿論、その十万円については、僕が全責任を持つことは、ここでお姉さんと小母さんの前であらためて言明しておきます。」

と、ビールをうまそうに飲んだ。

「とってもいいお話じゃアありませんか。」

安子がいって、

「ただし、広瀬さんが十万円の保証を完全にして下さったらのことですよ。」

と、念を押した。

「どうか、僕という男を信用して下さい。」

「お姉さん、あたし、いけなかった？」

「いいえ。」

一代は、頭を横に振って、

「あたしだって、五百子ちゃんから借りているんだし、ある意味で、お父さんから頂いたお金を、五人の中でいちばん有効に、そして、有意義に活かしているのは、五百子ちゃんだということになりそうよ。」

「だったら、嬉しいんだけど。」

五百子は、安心したようにいった。その間に、広瀬は、一本のビールを飲み終っていた。もっと飲みたそうだが、それを口にすることを遠慮しているようであった。それと気づいた安子は、

「五百子さん、広瀬さんに、もう一本飲ませてお上げになったら？」

五百子は、わざとあきれたように広瀬を見た。広瀬は、頼む、と頭を下げた。

「お金、持ってるの？」

「それくらいはある。」

「だったら、いいわ。」

「有りがたい。」

次のビールは、一代がお酌をした。

「僕は、すこし酔って来ました。しかし、いい気持ちなのです。で、この際、小母さんとお姉さんに、重ねて聞いておいて貰いたいことがあるんですよ。」

「こうなったら、何んでもおっしゃいよ、広瀬さん。」

「そのかわり、僕は、喋り出したら、たとえ五百子さんが途中で、何んといおうとも、最後まで喋ってしまいますからね。」

「そんなの、嫌よ。」

「いや、いくら嫌だといっても、僕は、もう喋る決心をしてしまったんだからダメだ。」

広瀬は、珍しく毅然としていった。これがこの男の性根でもあるようで、安子にはたのもしかった。五百子は、横を向いた。しかし、何を広瀬が喋ろうとしているのか、おおよそ察していて、しかも、不愉快がっているのではないようであった。羞かしがっているらしい気配だった。

「今日の結婚式で、みんながテーブルスピーチをしたのです。そのとき、花婿が、わざわざ立ち上って、こういってくれました。」

「…………」

「…………」

「さっきから私は、ここにいて、広瀬君と五百子さんの並んだ姿を見ていて、ふっと思ったのであります。やがて、この二人は、結婚するのではなかろうか、いや、結婚したら世にも似合いのご夫婦が出来るのではなかろうか、とであります。」

「…………」

「…………」

「実をいうと、僕は、前からそういうことを考えていたのですが、どうもいい憎くって、我慢していたのです。」

「…………」

「…………」

「ところが、その花婿の発言に、出席の全員が拍手をしてくれたのです。とたんに、僕は、自信を持ったのです。よーし、と思いました。」

「よかったじゃアありませんか。」

安子がいった。

「ところがですよ。小母さん。」

「はい、どうぞ。」

「そのあと、この五百子さんが、さっと立ち上って、何んといったとお思いになりますか。」

「わかりませんけど、興味津津ですわ。」

「聞いて下さい。こうなのです。広瀬さんのことは、困ります。だって、広瀬さんて、お酒飲みで、浪費家で、私の結婚の相手としては、完全に落第であります。あたし、今日まで、そういうことを考えたことがありませんし、今後も考えることがないと思います。以上、ちょっと、念のために、ですって。」

「五百子さん、そうでしたの？」

「だって……、当然でしょう？」

「で、広瀬さんは、ぎゃふんと参ったというわけなのね。」

「そう。ですが、ここが男の見せどころと思いましてね、こういっておきました。僕は、五百子さんが何んといおうとも、結局は、僕と結婚することになるだろうと思っております。」

「まア、ご立派。」

「と、思って下さいますか。」

「思いますとも、ねえ、一代さん。」

「ええ。」

「五百子ちゃん、おめでとう。」

「嫌だわ、小母さん。あたし、今だって、広瀬さんと結婚しようなんて、すこしも考えていませんことよ。」

「そうですとも、世間には、たくさんの男がいるんですからね。比較検討ということは大切ですよ。だけど、そのたくさんの男の中から、五百子さんを見込んで、このように結婚の申し込みをしてくれたということ、これは大変なことですよ。五百子さんが、今や、世の男性からそういう目で見られるようになった証拠ですからね。」

「はい。」

「ですから、やっぱり、おめでとう。」

二

それから十分ほどして、杉本が、

「やア、今晩は。また、コーヒーでなく、ビールを飲ませて貰いに来ましたよ。」

と、いいながら入って来たのだが、安子と五百子に気がつくと、

「これは、どうもどうも。」

と、てれたように頭を下げた。

「いらっしゃい、杉本さん。」

安子がいうと、五百子は、

「あたし、五番目の五百子です。今晩は。」

と、歓迎するようにいった。

一代は、黙って、微笑んでいた。が、広瀬には、その表情にあるかがやきが帯びて来たように感じられて、

（おや？）

と、思った。

とにかく、この店で、特別にビールを飲ませて貰っている客なのである。どういう関係なのかわからないが、今後、自分も亦、この店でそういう待遇を受けるようになりたいものだと思った。それに、杉本から受けた第一印象は、明るくさっぱりしているようで、悪くなかった。

「今夜は、まだ、これからお仕事ですの？」

安子がいった。

「いや。ここでビールを飲もうと思って、それを愉しみに馬力をかけて、予定の仕事を仕上げてしまいました。」

「よかったわね。」

「お蔭さまで。」

「ああ、ご紹介しておきましょう。こちら、五百子さんと同じ会社の広瀬さんですよ。」

杉本は、五百子と広瀬を平均に見てから、

「杉本です。どうかよろしく。」

と、笑顔で頭を下げた。

「いや、こちらこそ。」

「広瀬さん、この杉本さんは、この二階の建築事務所にお勤めなんです。そして、開店のとき、この店の模様替えもして下さったんですよ。」

なるほど、そういう関係であったのかと、広瀬にやっと、杉本がこの店で特別に扱われている理由が飲み込めた。しかし、それだけであろうか。広瀬の頭の中には、さっき、杉本を見たときの一代の表情のかがやきが、いまだにこびりついていた。しかし、広瀬は、あらためて店内を見まわして、

「いいですね。」

「と、思って下さいますか。」

「思いますよ。」

「だったら、お近づきのしるしに、僕のビールを飲んで頂けますか。」

「有りがたく。でもね、杉本さん。」

「何んでしょうか。」

「もうこの店に、ビールは、ないかも知れませんよ。というのは、あなた用に取ってあったビールを、僕は、さっきから二本も飲んでしまったのです。お詫びします。」

「いいえ、そんなこと。」

杉本は、軽くいっておいて、しかし、ちょっと気がかりそうに、

「もう、ビールは、残っていませんか。」

と、一代にいった。

「そのご心配なく。まだ、二本残っていますわ。もし、それで足りないようだったら、すぐ買いにやりますから。」

「有りがたい。広瀬さん、お聞きの通りですから。」

「しかし、あなたは、幸せな人ですね。」

「どうしてでしょうか。」

「こういうように特別待遇を受けられるんですから。」

「だったら、あなたも五百子さんと同じ会社という誼みで、そういうようにしてお貰いになったら？」

「小母さん、如何でしょうか。」

「それは、五百子さんに聞いてみないことには。ねえ、一代さん。」

「あたしは、五百子さえよかったら、差し支えございませんわ。」

「五百子さんのご意見は？」

勿論、五百子は、反対でなかった。第一、広瀬がここで飲んでいる限りは、妙な女のいる

ところで飲むような心配はないのである。広瀬と結婚しようとは、思っていなかった。しかし、広瀬が妙な女に騙されたり、騙されないまでも、ふざけたりふざけられたりするのは嫌だった。

「でもね?」

「あたし、かまわないと思うわ。でもね。」

「広瀬さんて、いつだって、あんまりお金を持っていないのよ。」

「よせやい。」

「いいえ、そうよ。ときどき、あたしに借金の申し込みをするくらいなんですもの。」

「それは、認める。」

「でしょう? だから、いつだって、現金払いにして、かりそめにも、あたしにその尻拭いをさせないとお誓いになるなら。」

「誓う。」

誰よりも先に、杉本は、

「よかったですねえ、広瀬さん。」

と、いったのは、広瀬と五百子の応答振りに、ある種の風情の通っているのを、敏感に察したからのようであった。

「とにかくですよ、これからときどき、ここでごいっしょに飲もうではありませんか。」

「ぜひ、お願いいたします。」

その間に、一代は、ビールの用意をした。

「こうなったら、小母さんも、すこしお飲みになりませんか。」

杉本がいった。

「さっきから、そういって下さるのをお待ちしていたんですよ。」

安子は、嬉しそうにいった。結局、五百子の前にも、グラスが置かれた。一代は、勤務中であり、遠慮をした。一代は、四人のグラスにビールを注いだ。

「では、今日が、お互いの佳《よ》き日となりますように。」

そういって、杉本が、先ず、グラスを上げた。そのグラスは、一代に向けられているようであった。

「カンパイ。」

「カンパイ。」

「カンパイ。」

他の三人は、それぞれ、グラスを上げた。広瀬と杉本は、全部飲み、安子は、三分の一ぐらいを、五百子は、軽く口をつけただけであった。それを見て、一代は、新しいビールの栓を抜き、カウンターの前においてから、

「義子ちゃん、ちょっと。」

と、給仕女を呼んで、

「あんた、悪いけど、ビール半ダースぐらいすぐにといって来て下さらない？」

「はい。」

給仕女は、出て行った。

「半ダースですよ。」

「そう、たしかに、半ダースでした。」

杉本と広瀬は、顔を見合わせて、会心の笑みを洩らした。五百子は、横にいて、今夜の自分を幸せだ、と感じていた。そういえば、一代だって、幸せそうな顔をしている。そして、その幸せそうな顔を、ときどき、何気なく杉本に向けているのであった。

（一代姉さんは、杉本さんが好きなんじゃアないか知ら？）

五百子は、そう思い、

（そんなら、いっそ、結婚なさったらいいんだわ）

と、いう気になっていた。

五百子は、この杉本になら、何んのこだわりもなくお義兄さんと呼べるような気がしているのだった。そういうお義兄さんを早く持ちたいのでもあったろうか。とにかく、家の中は、父親を除いては、女ばかりなのである。すこしは、異色を加えたかった。

「杉本さん。あなたは、さっき、カンパイをするとき、今日が、お互いの佳き日になりますように、とおっしゃいましたね。」

広瀬は、杉本にお酌をしながらいった。

「いいましたが。」

「実をいうと、僕に、その可能性があるんですよ。」

「と、おっしゃると？」

「僕は、今夜、この五百子さんに結婚の申し込みをしたんです。」

「それは、おめでとう。」

杉本は、ちらっと五百子を見ていった。

「ところがですよ、杉本さん。五百子さんは、目下の処は、全然、そんな気がないというんです。」

「すると、今夜は、ヤケ酒？」

「違います。僕は、それくらいでは、引っ込みませんよ。五百子さんが何んといおうとも、将来、きっと僕と結婚するであろうと宣言したところなんです。」

杉本は、広瀬の顔を見て、

「あなたは、勇敢ですなア。」

と、感心したようにいってから、

「僕だって。」

「僕だって?」

「いえ、僕だって、あなたのように結婚の申し込みをしたい女性があるんですよ。」

「だったら、申し込みなさい。僕は、応援しますよ。」

「ところが、こう見えても、僕は、一度結婚に失敗している男なんです。」

杉本は、悲痛な口調でいった。安子も五百子も、聞き耳を立てていた。勿論、一代も、そうであった。一代は、杉本とは、毎日のように顔を合わせているが、このような身の上話を聞くのは、はじめてであった。

(結婚の失敗者!)

一代にとって、思いがけないことだった。だからといって、それほど失望しなかった。自分だって、恋愛の失敗者なのである。しかも、単なる恋愛でなく、肉体関係にまで及んだ恋愛の失敗者なのである。どうして、杉本を軽蔑したり、責めたり出来るだろうか。お互いさまなのである。一代は、ここまで考えて来て、愕然とした。秘かに杉本から好意を持たれていると思っていたことはたしかなのだ。が、それ以上に、そのうちに結婚の申し込みを受けるのではなかろうか、と無意識のうちに期待していたらしいのである。それだからこそ、お互いさまだと考えたのだ。

(何んていうあたしなんだろう)

当分、誰とも結婚しないつもりで、この喫茶店を開いたのでなかったのか。

「失敗者とおっしゃると?」

　広瀬が同情的にいった。

「要するに、別れたのです。お互いの性格が合わなかったのでしょうねえ。」

「しかし、そのことと、今さっきおっしゃった結婚の申し込みをしたい女性とには、何んの関係もないじゃアありませんか。」

「いや、そういう過去があると、どうしても劣等感を持ちますよ。」

「そんなバカな。ねえ、小母さん。」

「そうですとも。もし、杉本さんの流儀でいけば、あたしなんか、一生、誰とも結婚出来ないことになるじゃアありませんか。こう見えても、あたしは、一代さんや五百子さんのお父さんとの結婚を、まだあきらめているわけではないんですよ。」

　しかし、そのあと、安子は、流石にてれ臭くなったように、

「いいえ、年甲斐もないとおっしゃられれば、それまでですけどね。」

　と、いったとき、新しい客が一人入って来た。

「いらっしゃいませ。」

　そこまでいって、一代は、さっと顔色を青くした。人人は、それに気がつき、いっせいにそっちを見た。

　落合英二であったのである。その落合のあとから、ビール半ダースが届けられた。

三

落合は、

「やア、しばらくだったね。」

と、一代にいった。

その顔には、とうとう見つけたぞ、との優越感のようなものが漂っていた。一代は、顔を上げられぬ思いだった。しかし、一応の事情は話してある安子はともかくとして、杉本たちのいるところでは、絶対に現われて欲しくない男であったのである。

落合は、空いたテーブルにつくと、先ず、煙草を取り出して、しげしげとカウンターの中にいる一代を眺めた。

(やっぱり、悪くない)

苦労して探しあてた甲斐があった、と思っていた。退職の間際には、ホテルで待ち呆けを食わされたが、しかし、落合には、まだ自信があった。こちらの出方次第で、どうしても自分から逃げられぬ女だ、と信じていた。勿論、落合の方にも、たっぷり未練があった。だからこそ、こうやって追って来たのである。

安子は、すでに、落合の正体を察したようであった。しかし、他の三人には、どういう客か見当がつかず、一代の態度が異常であるだけに、それとなく二人を見くらべていた。殊に、杉本の目は、しんけんであった。

「何にいたしましょうか。」

給仕女が、近寄って行って、落合にいった。

「ビールを。」

「ビールは、ございませんのですけど。」

「ございませんって、向こうのカウンターの客は、ビールを飲んでいるじゃアないか。」

「あれは……。」

給仕女は、困ったようにいってから、一代に、

「ママさん、おビールとおっしゃってますけど。」

「ビールは、ございません。」

一代は、やっと落ちつきを取り戻したようにいった。

「そんなバカな。」

落合がいった。

「ビールは、ございません。」

一代は、冷たくいった。たまりかねたように立って来て、落合は、

「では、この人たちは、どうして、ビールを飲んでいるんだね。」

と、ちょっと、突っかかるようにいった。

「このお客さまたちは、特別なのでございます。」

「特別？」

「そして、あなたは、特別でないということでございます。」

「何故、この人たちだけが、特別なんだね。」

「それは、あなたには、関わりないことでございます。」

「そうは、いわさないよ。」

「………」

「文句をいわずに、特別にして貰いたいのだ。だから、ビールを。」

「お断わりいたします。」

落合は、腹に据えかねたようであった。こんな筈でなかったのである。はじめは、一応冷たい態度を取るであろうが、たちまちのうちに豹変するだろうと信じていたのであった。が、その自信は、今や、うぬ惚れであったことになりそうである。殊に、癪に障るのは、カウンターにいる四人が、ひとしく自分に敵意を含んだ目を向けていることだった。テーブル席の他の客も、じいっとこっちを見ているのである。落合は、意地でも、このまま引っ込めるものか、と思った。

「君は。」

落合は、唇許にわざと謎めいた微笑を浮かべながら、

「昔のことを思えば、僕に対して、そういうことがいえた義理なのかね。」

「お断わりいたします。」

一代は、頑固にいい続けた。そういう態度を続けぬ限り、ふたたび、落合との仲が、昔の泥沼に戻る恐れがある、と思ってのことであった。それは、悲しい努力であったが、しかし、一代は、その悲しみに堪えようと必死になっていた。

落合は、更に、何かいいかけた。が、安子は、その前に、

「ちょいと、あなた。」

「何んだね。」

落合は、横柄にいった。安子は、ニコニコしながら、

「いえね、そんなにビールがお飲みになりたいんなら、よそへいらっしたらどうかと思いましてね。だって、この店を一歩出たら、ビールのあるお店はそこらにそれこそ、ウヨウヨしていますから。」

「よけいなお世話だ。」

「あら、そうでしょうか。」

「僕は、この店のビールが飲みたいんだよ。」

「押し売りの反対でございますのね？」

「うるさいぞ。」

「あなたがでございましょう？」

落合は、安子を睨みつけて、

「君は、僕をどういう男か、知っているのかね。」

「いいえ。」

「僕は、これでも、この女が勤めていた会社の課長なんだぞ。」

「あら、課長さんですの。」

「そうさ。」

「早く、部長さんにおなりになりたいんでしょうね。」

「失敬な。」

「ごめん遊ばせ。」

「こうなったらいってやるが、僕とこの女は、昔。」

「ストップ。」

安子は、落合の口の近くへ掌を持って行って、

「そんなことをおっしゃっては、あなたのご身分にかかわりますわよ。」

「ふん、僕よりも、その女の方で困るんだろう？　だから素直にビールを出せばいいんだよ。」

落合は、勝ち誇ったようにいった。一代は、さっきからの落合の自制のない態度に、

（あたしは、昔、こんな男に夢中になっていたのか）

と、迷いの夢から醒めたような思いでいた。

男性としてのいいとこはもう、一つもないのである。しかし、自分との仲が会社内の評判になりかかると、辞めることを強要した男なのであった。そういう男であってみれば、ここでこういう馬脚を現わしたところで、別に不思議でもないのだ。しかし、この分だと、落合は、ヤケクソになって、二人の仲のことを何も彼も喋ってしまいそうである。ましてや、目の前に、杉本がいるのだ。杉本は、とたんに自分を軽蔑するだろう。もう二度と、この店へ姿を現わさぬようになるかもわからない。

（いいわ、それだって）

一代の決心は、ついた。それで、この店から遠ざかるような杉本なら、これ以上、深い関心を寄せないうちにそうなって貰った方がいいのである。

「ビールは、絶対にお出ししません。」

一代は、強い口調でいって、更に、

「あなたには、コーヒーだって、お出ししません。」

ここらで、落合がおとなしく引っ込めばよかったのである。それだったら、救いようがあったのだ。しかし、落合には、それが出来なかった。

「すると、君は、ここで昔のことを喋ってもいいんだな。」

「どうぞ。」

「何？」

「どうぞ。」

「よーし。」

「君ッ。」

たまりかねたように杉本がいった。実をいうと、その前から広瀬は、むかむかしていたのである。殴りつけてやりたいくらいに思っていたのだ。もし、落合が、五百子を侮辱したのであったら、とうに立ち上っていたであろう。しかし、一代に関することなのである。それなら杉本の役だ、と決めていたのであった。杉本の以前に、自分が立ち上ったのでは、出しゃばりということになる。その杉本が、ついに、立ったのである。

「何んだ。」

落合がいった。

「もう、それくらいで、いい加減にしたらどうかね。」

「僕にとっては、いい加減に出来ない問題なのだ。」

「しかし、はたから聞いていると、みっともないだけだよ。」

「いったな。」

「ああ、いわせて貰ったよ。」

「君は、この女の何んなのだ。」

「要するに、客なのだ。」

「しかし、黙っていたまえ。」

「しかし、ビールを飲ませて貰えるような特別な客なのだ。君とは、ちょっと違うらしいな。」

「僕の方は……。」

「わかったよ。だが、それをいわぬことだ。」

「君に、そういうことをいう権利があるのか。」

「ある。すくなくとも、自分では、そう思っているんだ。何んだったら、その理由をいってやろうか。」

「いってみろ。」

「僕は、この一代さんが好きなのだ。」

　杉本は、悪びれないでいった。一代は、あッと口の中でいったようだ。安子は、思わず顔をほころばせた。広瀬は、よくいったぞ、という顔をしているし、五百子は、ちらッと一代の方を見たが、すぐに視線をそらした。

四

落合は、流石に虚を衝かれたようであった。が、すぐに立直って、杉本の顔を、じいっと見つめているうち、

「あッはッは。」

と、さもおかしそうに笑った。

「別に、おかしくはなかろう？」

「いや、おかしいよ。君、念のためにいってやるが、この女は、僕のお古なんだよ。」

「そうかね。」

「君は、僕のお古が好きになったんだよ、お気の毒に。」

「別に、気の毒がって貰う必要がないんだ。それよりも、僕は、一代さんと結婚したいくらいに思っているんだよ。」

「君は、僕のお古と結婚する気なのか。」

「ああ、そうだよ。」

「こりゃアおどろいた。」

「おどろくのは、君の勝手だがね。」

杉本は、あくまで、落ちつき払っていた。

「君は、僕のお古と結婚して平気なのか。」

「平気だね。それに、君の方が、一代さんに愛想づかしをされたのかも知れないし。」

「失礼な。」

「それは、お互いさまだろう？」

落合は、完全に杉本から圧倒されていた。それが自分でもわかるだけに、どうにも引っ込みがつかないのである。ましてや、今でも自分に惚れていると信じて来た一代の目の前で、なのである。

「課長さん。」

広瀬がいった。

「何んだ。」

「そろそろ、お帰りになった方がいいんじゃァありませんか。」

「放っといてくれ。」

「そうはいきませんよ。」

「何んだと？」

「喧嘩ですか。」

「喧嘩？」

「いえ、喧嘩なら、いつでもお相手をしますよ。ただし、その場合、あなたの負けは明白です。」

「バカな。」

「では、やりますか。」

そういうと、広瀬は、椅子から降りて、落合の前に、立ちふさがるようにした。広瀬の構えは、気魄に満ちていた。本当に、喧嘩をする気でいるようだ。落合は、薄気味悪そうに、一歩二歩後退した。広瀬は、一歩二歩、前に出た。ついでに、

「ほら、その足許が危いですよ。」

と、落合の足許を指さした。

落合は、あわててうつ向いた。しかし、何もなかったのである。

「ダメですな。隙だらけだ。そんなことでは、とうてい僕と喧嘩なんかできませんよ。それとも、ためしにやってみますか。」

「覚えてろ。」

落合は、そういう捨てゼリフを残して、コソコソと出て行ってしまった。

「どうも、失礼。」

広瀬は、何もなかったように、元の椅子に戻った。

一代は、うなだれたままでいた。誰も、何もいわなかった。安子ですら、黙っているのである。

五百子は、はじめて知った姉の秘密に、これまたうかつに口が利けないのであった。五百子にとって、唯一の収穫は、広瀬という男は、想っていた以上にたのもしいとわかったことであったろうか。

やがて、安子は、やっぱり、先ず自分が発言すべきだと悟ったらしく、

「杉本さん、いつまで、黙っているつもりですか。」

杉本は、一代を見て、

「僕がさっきからいったこと、嘘ではありません。結婚のこと、考えておいていただけませんでしょうか。」

と、神妙にいった。

愛の力

一

「いったい、重大な話って、何んなのよ。」

二美子は、腹立たしそうにいった。

「まア、落ちつけよ。」

そういうと、石辺太郎は、自分が落ちついている証拠を見せるかのように、悠悠として煙草の火を点けて、深深と喫った。

しかし、そのとき、石辺は、かならずしも落ちついていたわけでなかった。すくなくとも、これからいわなければならぬこと、それによる二美子の受けるショックを想うと、正直なところ、平静でいられなかったのである。それをゴマ化すための煙草でもあった。

（愛するということは、辛いもんだ）

これは、そのときの石辺の実感でもあったろう。辛いのだ。しかし、一つの生甲斐にもなっていた。

石辺は、昼食後、二美子を、ほとんど強制的に、この喫茶店に連れて来たのであった。注文したコーヒーが来た。

「僕に砂糖を二杯。」

石辺がいった。

「お生憎さま、自分でお好きなように、お入れになって。」

二美子は、石辺へのサービスを拒否した。本当は、そんなサービスぐらい何んでもないのだが、過去の石辺の自分や長田への仕打ちを思うと、憎らしくなってくるのである。その癖、一方で、この男は自分を好いてくれているのだ、ということを忘れていなかった。もし、二美子に、長田という最愛の男性が存在しなかったら、あるいは、その強引さにほだされていたかもわからない。しかし、何んといっても、長田は、第一の男性であり、石辺との間に百里の距離があるように思っていた。しかし、このところ、二美子は、長田と会っていないのであった。こちらから電話で誘っても、残業があるとか、先約があるとかといって断わられたことが、二、三回続いている。だからといって、二美子は、長田の愛情を疑ったりしたことはなかった。長田には、五十万円からの大金が渡してあるのだ。そこらにころがっている恋人同士とは、ちょっとわけが違うのである。ただ、二美子にとって、多少の心残りといえば、ホテルに誘われながら、それに応じなかったことであろう。が、それだって、目前の石辺が邪魔したからなのだ。もし、あのとき、石辺が姿を現わさなかったら、今頃、二人は、他人でなくなっている筈なのである。惜しいことをしたような気もするし、却って、よかったような気もするし、その辺になると、二美子の気持ちも複雑微妙になってくる。

石辺は、ちぇッと舌打ちをして、自分で砂糖とミルクをコーヒー茶碗の中に入れながら、

「あの男には、ちゃんとサービスをしてやるんだろう?」

「あの男って、誰のことよ。」

「長田君さ。」

「長田さんのことを、あの男だなんて、変ないい方をしないで頂戴。」

「今でも、好きなのか。」

「当然でしょう?」

「可哀そうに。」

「可哀そうにですって？」

「そうさ。」

「失礼よ、そんないい方。あたし、もう帰るわ。」

「まア、待ちたまえ。これから、あんな男を今も信用し、好きでいる君が、如何に哀れな女であるかの理由をいってやろう。」

「あたし、中傷なら聞きたくないわ。」

「中傷であったら、もっと、僕は、気楽に話せたろう。中傷でなく、厳然たる事実であるから、僕は、辛いんだよ。」

「そんな奥歯にモノのはさまったようないい方をしないで頂戴。」

二美子は、憤ったようにいったが、何んとなく不安になっていたこともたしかであった。いったい、何が聞かされるのであろうか。嫌なことなら、一切、聞きたくないのである。しかし、聞かずにいられないのであった。

「君は、この頃、あの男と会っている？」

「………」

「黙っているところを見ると、しばらく会っていないらしいね。」

「だけど、今夜にでも会うつもりよ。」

「よしておくことだ。」

「まア、どうしてよ。」

「あの男に、君と結婚する意志がないらしい。」

「嘘おっしゃい。いいえ、そんなこと絶対にないわ。」

二美子は、自信ありげにいったが、しかし、その顔色は、すこし青くなっていた。何んといっても、ここしばらく会っていないということが、こうなると、二美子の気持ちを弱くするのであった。

「世の中には、絶対にない筈のことが、おうおうにして起こるんだよ。」

「いったい、何を証拠に、そんなひどいことをおっしゃるのよ。」

「僕は、見たのだ。」

「見た？」

「一週間ほど前に、あの男が、若い女を恋人然と連れて歩いている姿を。」

「あたし、信じないわ。」

「信じたまえ。」

「かりに、そうであっても、その女の人が、長田さんの恋人とは、きまっていないでしょう？」

「さよう、だから、僕は、たしかめてみたのだ。」

「と、思ったのだが、あの男には、嘘つきの傾向があるから、いつか話した僕の友人、あの男と同じS産業に勤めている男に調べて貰ったのだ。」

「長田さんに？」

「…………」

「あの男は、来月の末に結婚することになっているそうだ。」

「それなら、きっと、あたしとだわ。」

「…………」

「すると、君は、あの男からそういう具体的な相談を受けたのかね。」

「受けていないだろう？」

「…………」

「当然のことだ。あの男の結婚するのは、君とではないからだ。」

「…………」

「来月二十九日、結婚式場は、K会館。仲人は、S産業の社長夫妻。」

「嘘よ、嘘よ、そんなこと。」

二美子は、もう真ッ青になっていた。同時に、もし、石辺のいう通りであるとすれば、

（あの五十万円は、どうなるのだ……）

と、思ってもいるのであった。

「嘘と思うのは、無理もない。僕ですら、そう思ったからね。」

「………。」

「尤も、僕としては、嘘でない方が有りがたいのだ。それによって、僕に、君と結婚出来るチャンスがころがり込んでくることになるからだ。」

「あたし、いっておきますが、石辺さんなんか、大嫌いですからね。」

「が、そのうちに好きになるよ。」

「なりません。」

「いや、なる。ならせてみせる。」

石辺は、そういうと、ニヤリと笑ってみせた。しかし、二美子は、答えなかった。今は、石辺なんかといい合いをしている余裕がなかった。これからすぐにでも長田に会いに行って、その胸を叩き、真疑をたしかめたかった。

「相手の女の名もいっておこう、君津ふみ子というのだ。」

「君津……。」

「僕から見れば、君の方が遥かに美しい。しかし……。」

「しかし？」

「お金持ちの娘なのだ。あの男の兄貴の会社の取引先である君津商会の社長の娘なのだ。」

「………」

「ここまでいえば、君だって、あの男が君を捨てて、そのお金持ちの娘と結婚しようという気になった理由が、だいたいわかってくるだろう？」

「………」

「敢て蛇足を加えると、そういう結婚をすることによって、破産に瀕している兄貴の会社が救われるのだ。」

「………」

「思えば、あの男は、兄貴思いなのだな。」

「だって、あたしだって、長田さんのお兄さんのために五十万円出してあるのよ。」

「恐らく、その五十万円では足りなかったんだろうな。」

二美子に思い当るところがある。長田から更に五十万円、いや、四十万円でも三十万円でもいいからと頼まれたのだが、それは断わっている。

「こうなると、問題は、その五十万円を如何にして回収するかにある。」

「いいえ、あたしは、長田さんと結婚します。」

「まだ、そういう夢のようなことをいっているのか。」

「だって、長田さんとあたしは、結婚の……。」

「知っているさ。だが、相手が心変りをした以上は、一日も早くあきらめることだよ。そのかわり、五十万円の回収は、僕が引き受けてもいい。」

「…………」

「どうだ、僕にまかせないかね。勿論、手数料なんか、一円もいらないが。」

「…………」

「まかせてくれるね。」

「嫌です。」

二美子は、きっぱりといった。まだ、石辺のいうことに、半信半疑でいるのであった。しかし、別の心は、もう間違いないように思い、足許が崩れ落ちるような絶望感を味わっていた。だけでなしに、火を噴くような憤りをも感じていた。

「では、どうするんだね。」

「あたし、今夜にも、直接、長田さんに会って、あなたのおっしゃったことが間違いないかどうか、確かめてみます。」

「よかろう。では、そのとき、僕もいっしょについて行ってやろうか。」

「その必要がございません。」

「何故？」

「あなたなんかに関係のないことですから。」

二美子は、叩きつけるようにいうと、立ち上った。

二

その翌日の夜、二美子は、銀座の喫茶店の二階で、長田の現われるのを待っていた。午後六時に、という約束だったのに、その午後六時を十五分も過ぎているのに、長田は、まだ姿を現わさないのであった。

二美子は、昨日、石辺と別れて会社へ帰るとすぐに長田へ電話して、

「今夜、お会いしたいんですけど。」

と、いったのである。

「今夜か。」

長田は、渋った。

「ご都合が悪いんですの？」

「ちょっと……。」

「あたし、すこしぐらい遅くなっても、お待ちしていますけど。」

「悪いけど、明日の夜にして貰えないか。」

長田のいい方には、二美子の気のせいか、何か突っ放すような冷たさが込められているようであった。かつて、長田からこういう思いをさせられたことは、一度もなかったのである。

「どうしても？」

二美子は、すがりつくようにいった。

「そう、どうしてもだ。」

「あたし、ね。」

「何?」

「悪い噂を耳にしたのよ。」

「悪い噂?」

「あなたが、他の女と結婚なさるという。」

「いったい、誰がそんなことをいったのだ。」

しかし、長田の口調に、狼狽の色を隠しきれないように感じられたのは、これまた、二美子の気のせいだったろうか。

「石辺さんからよ。」

「ああ、あいつめか。」

「嘘なんでしょう?」

「………」

「ねッ、嘘なんでしょう?」

「とにかく、明日の夜、いつもの喫茶店に、午後六時に来てくれ。」

そういうと、長田は、電話を切ってしまった。そのあと、二美子は、放心したようになっていた。長田は、否定しなかったのである。といって、肯定したわけではない。二美子は、そう思ってみるのだが、つのってくる不安は、どうにもならなかった。とても、明日の夜までは、じいっとして待っていられぬ気分であった。

(いいえ、かりに長田さんに、一方からそういう話があったとしても、あたし、負けていないわ)

何んとしても、長田を自分の方に引きとめておく決心でいた。すなわち、愛の力で。二美子は、自分が長田をいのちがけで愛しているように、長田も亦自分を、と信じていた。二美子は、長田を自分の方に引きとめておくために、かねて長田が欲しがっていた自分のすべてをやってもいい、とさえ考えはじめていた。今度は、自分の方から積極的に、そういう態度に出てもいいのである。思えば、過去に二度も、そういうチャンスがあったのに、一度は、一代の姿を見たために、二度目は、石辺に邪魔をされてしまったのである。一代のことは、仕方がないとしても、こうなると、石辺が憎らしくなってくる。早く、二人が他人でなくなってしまっていたら、今頃になって、こういう不安な思いをしなくてすんだのだ。

(でも……)

すでに他人でなくなっていて、更に、こういう思いをさせられるのであったら、もっともっと不安であり、辛い思いに堪えなければならなかったろう。とすれば、石辺は、一応の恩人ということになるのでもあろう。そんなバカな、といいたいくらいだった。

その石辺は、昨日、わざわざ電話を掛けて来て、

「今夜、長田君と会うことになったのかね。」

と、よけいなことをいったのである。

「今夜でなく、明日よ。」

「どうして、今夜でないんだね。」

「そんなこと、あんたに無関係でしょう?」

「しかし、関心を持つのは、僕の自由だからね。僕はね、長田君が、今夜でなく明日といったのは、うしろ暗いので、逃げ口上のように思われるんだが。」

「そんなことはありません。」

「バカに信用しているんだね。」

「そうよ、相思相愛の仲なんですからね。」

「しかし、今や、その相思相愛の仲に、ヒビが入りかけているんだよ。」

「失礼だわ。あたしね、電話で、あなたからの話を、ちょっといってみたのよ。」

「おどろいていたろう?」

「いいえ。誰が、そういう嘘をつくのだ、と憤ってらしたわ。決闘を申し込みたいくらいですって。」

「よろしい。決闘なら、いつでも受けて立つといっていたといってくれ。もし、長田君に、

その度胸と勇気があったらね、と。」

二美子は、勝手に電話を切ってしまった。しかし、いい気味なのだといえないものが心に残っていた。

決闘という言葉から、いつか長田がホテルの前で、石辺を殴りにかかったことを思い出していた。しかし、あのときの勝敗は、二美子の目にも明らかであった。長田の完敗であった。

しかし、二美子は、

（喧嘩なんかに強くない方がいいんだわ）

と、あくまで、長田を信頼したのである。

二美子は、腕時計を見た。すでに、午後六時三十分になっていた。四十分以上もねばったことになる。コーヒー一杯では、この喫茶店に対して、気が引ける。しかし、二美子は、長田の話を聞くまでは、もう何も飲みたくなかったし、何も食べたくなかったのである。じいっとしていながら、心の中は、不安のために揺れに揺れていた。

ポンとうしろから肩を叩かれた。ほっとして振り向くと、それは、長田でなく、石辺であったのである。

「まア、どうなさったのよ。」

二美子は、咎めるようにいった。が、石辺は、笑顔で、

「結果が気になるんで、見に来たんだよ。」

「よけいなことだわ。」

「しかし、僕にとっては、よけいなことではないのだ。」

「どうして、ここがおわかりになったの？」

「何、簡単さ。会社を出るときから、君のあとをつけていたのさ。」

「あきれかえるわ。」

「で、長田君は？」

「まだよ。」

「いよいよ、あの男め、うしろ暗いから来にくいんだな。」

「そんなことあるもんですか。」

「とにかく、あの男は、僕のことを嘘つきのようにいったらしいから、断然、抗議を申し込むつもりでいるんだ。」

「あたし、放っておいて貰いたいわ。」

「放っておかれないんだよ、僕としては。まア、あしからず。」

石辺は、ピョコンと頭を下げた。そこに、憎めない愛嬌があったけれども、二美子にとって、そういう愛嬌は、目ざわりでしかなかった。

「とにかく、この喫茶店から、早く出て行って。」

「今、来たばかりなんだ。コーヒーくらい飲まないと、この店に対して悪いよ。ここで飲んでいいだろう?」

石辺は、二美子の前に、腰を下しにかかった。

「いけません。」

二美子は、強くいった。

「いいだろう? 長田君が来たら、すぐに退散するから。」

「困ります。」

「僕は、これでも君の味方なんだよ。」

「あたしは、あなたなんかに、味方になって貰いたくありません。早く、あっちへ行って。でないと、今後、あたし、あなたとは、一切、口を利きませんことよ。」

「そんな殺生な。」

「だったら、早くッ。」

石辺は、二美子と同席することをあきらめたようであった。残念そうに、

「では、僕は、向うの席にいるから、いつでも用事があったら呼んでくれたまえ。すぐに駈けつけるからね。」

と、いうと二美子のそばをはなれて行った。

長田が姿を現わしたのは、その直後であった。

三

「あら。」

二美子は、せいいっぱいの媚びを含めた目で、長田を迎えた。しかし、長田は、不機嫌に、

「君は、今でもあいつと交際しているらしいね。」

と、別の席に着いたばかりの石辺の方をジロリと見ていった。

石辺は、それに気がつきながら、泰然自若としていた。長田を頭から軽蔑しているような気配すらあった。二美子は、そんな石辺の方に、ちらっと視線を向けてから、

「違います。あの人が勝手に、あたしにつきまとって困るのです。」

長田は、信用ならぬような顔をした。

「今夜だって、勝手にあたしのあとをつけて来て、今も、憤ってやったところですわ。」

「要するに、あいつは、君に参っているんだな。いっそ、結婚してやったらどうだね。」

長田は、平然としていった。

「まッ、何んてことをおっしゃるのよ。」

二美子は、詰めよるようにいった。

「しかし、そんなに惚れられていたら、君だって、嬉しいだろう?」

「嬉しいもんですか、嫌なだけよ。迷惑しているんだわ。だから、あたしたち、一日も早く、

結婚したいのよ。ねえ、お兄さんにいつ会わせて下さるの?」

「………」

「そして、あたしの父にも、会って頂きたいのよ。」

「残念ながら二人の結婚は、当分の間延期ということになったよ。」

「延期ですって?」

「そう。」

「あたし、そんなの嫌だわ。」

「だって、仕方がないんだ。」

「どうして、仕方がありませんの? もし、二人にその意志があったら、明日にでも結婚出来るじゃアありませんか。」

「ところが……。」

「ところが?」

「僕を親代りに育ててくれた兄貴が、うんといってくれないんだよ。」

「そんなこと……。」

「前にもいった通り、今や、兄貴の会社は、破産に瀕している。それを知りながら結婚どころではないだろう? 兄貴がいうんだよ。」

「………」

「となれば、僕としても、強引に我を通すわけにいかんだろう？」

「すると、いつ頃まで待てばいいんですの？」

「それが、一年先になるか、二年先になるか、目下の処、見当がつかないんだよ。」

二美子は、まじまじと長田の顔を見つめていた。かねてから、その美貌が気に入っていたのである。が、今夜の長田の顔は、ちっとも美しくなかった。どこかに、醜さが隠されているような気がしてくるのであった。そんな筈がないのである。が、二美子は、あらためて、石辺のいった言葉を思い出していた。長田が嘘をいっているので、その顔も、醜くなっているのであろうか。

「じゃア、あたし、いつまでもこのままでおとなしくお待ちしていればいいのね。」

「だけど、そんなこと悪いだろう？」

「悪いって？」

「僕は、それでいろいろと考えたんだ。この上、適齢期の君を一年も二年も待たせるなんて、何んとも申しわけないからね。」

「いいえ。」

「いや、それでは、僕の良心が許さぬ。」

「二人の間に、そんなものは必要でない筈よ。」

「しかし、僕としては、やっぱり……。だから、この際、二人の仲を、一応、ご破算にしたいんだよ。」

「本気ですの？」

「勿論。」

「あたしを誰よりも愛していて下さったんではありませんでしたの？」

「愛していた。」

「今でも？」

「そう。」

「だったら、二人の仲をご破算にするなんてこと、そんなに簡単におっしゃれない筈だと思いますけど。」

「僕はね、これでも、随分と考えたんだよ。夜も眠られぬくらいに悩んだんだ。その上での男としての結論なんだ。決して、簡単にいっているわけではないんだ。」

「あたしは、お待ちしています。たとえ、五年でも、十年でも。」

「困る。」

「困るですって？」

二美子は、つい、開き直りかけた。それを見ると、長田は、あわて気味に、

「いや、そうでなく、僕は、あくまで君のためにいってやっているんだよ。」

「すると、どうしても、ご破算にしたいとおっしゃいますのね。」

「どうか、僕の辛い気持ちも察して貰いたいのだ。」

「あたしの気持ちは、どうなりますの?」

二美子は、詰め寄るようにいったが、すでに絶望的になっていた。だからといって、まだ、長田をあきらめる気になれないでいた。何んとしてでも、長田との仲を、今まで通りにしておきたかった。それこそ、自分の愛の力で……。

しかし、長田は、それには答えないで、石辺の方を見た。石辺は、まだいて、ゆっくりとコーヒーを飲んでいる。が、それとなくこっちの気配をうかがっているに違いなかった。

長田は、二美子に視線を戻すと、カバンの中から分厚い封筒を取り出して、テーブルの上においた。

「これを。」

「何んですの?」

「いつか、君から借りた五十万円だよ。」

「返して下さいますの?」

「だって、こういうことになったら、当然だろう?」

「このお金、どこから出ましたの?」

「兄貴からだよ。」

「破産に瀕している会社からこんな五十万円ものお金が、よく出せましたわね。」

「僕は、兄貴にいって、強引に出して貰って来たのだ。これだって、僕の良心のせいだと思ってくれよ。」

二美子は、テーブルの上の分厚い封筒を、じいっと見つめていた。五十万円が在中だというが、その五十万円を父から貰ったときのことが思い出されていた。

一代は、その金を資金の一部として、渋谷で喫茶店を開いた。

三也子は、そのまま銀行に預けて、近いうちにその一部で、旅行をするといっている。

志奈子は、有価証券投資にまわしている。

五百子は、その一部を、一代と会社の同僚に貸して、残りを、有価証券投資と銀行預金にしている。

中でも、自分は、いちばん有効にその金を活かしたことになると、二美子は、信じていたのである。が、今や、その金は、手許に返ってくるのだ。同時に、婚約解消という利息がついて……。こうなると、いちばんバカな真似をしたのは自分だ、ということになりかねない。

二美子は、泣きたくなっていた。そして、この金を手に取るとき、自分の長田への憤りがバクハツするときなのだ、と思っていた。

「さア、早くしまってくれよ。」

長田は、催促するようにいった。

「最後のお願い。」

「…………」

「このお金、やっぱり、お兄さんの会社のお役に立てて。そして、あたしに、今まで通りの希望を持たせておいて。」

「君は、僕がこれほど理をわけていっても、まだわからないのかね。」

長田は、いらいらするようにいった。それが、二美子の胸に強く応えた。最早、この男には、自分と結婚しようとの意志が、カケラも残っていないのだと知った。

「わかりましたわ。」

二美子は、悲しみをおさえて、今までとは別人のように冷たくいった。

「わかってくれたんだね。」

長田は、ほっとしたようにいった。肩の荷をおろしたような明るい表情になっていることも、二美子の感情をしげきした。

「はい。では、たしかに。」

二美子は、テーブルの上の封筒を取った。それを見ると、長田は、

「僕は、今夜、ちょっと別の用事があるんで、これで失敬するよ。」

と、立ち上りかけた。

「あと十分。」

それを制するように二美子がいった。

「十分？」

「誓って頂きたいことがありますの。」

「誓う？」

「来月の二十九日。」

長田の顔がさっと青ざめた。そのため、さっきから醜いと思っていた顔が、いっそう醜く見えてくるようであった。

「K会館で。」

「K会館？」

「あなたの会社の社長さんご夫妻の仲人で。」

「…………」

「長田吉夫という人と、君津ふみ子さんの結婚式がおこなわれます。」

「…………」

「その長田吉夫さんと、あなたとは、全くの同名異人であることを、ここで固く誓って頂きたいのです。」

長田は、すっかり狼狽していた。が、狼狽しているだけでなく、今は憎しみをもって、二美子を見ているようであった。

「もし、誓って下さらないんなら、あたし、その当日、K会館へ参りまして、皆さんの前で、あたしの知っている長田吉夫とはこういう男です、ということを喋りますから。」

「バカッ。」

長田は、呶鳴りつけた。そのため、近くの人が、こっちを見たくらいであった。二美子は、かまわないで、

「どっちがですの？」

と、聞き返した。

四

二美子は、渋谷で下車して、一代の店「赤いトビラ」に向かっていた。渋谷の雑踏もネオンも、その目に入らないほど、その心の中には、悲しみと憤りに満ちていた。

どうしても、あのまま、まっすぐに家へ帰る気になれず、といって、男たちのようにヤケ酒を飲みにもいけず、結局、一代の店へ行ってみたくなったのであった。一つには、一代も亦、自分と同じに、男から被害を受けているのだし、ひょっとしたら慰めて貰えるかもわからないという思いからでもあったろう。

が、その癖、二美子は、何も彼もを、一代にいう決心がついているわけでなかった。いわなくても、男から受けた痛手から何んとか立ち直ろうとしてけなげに働いている一代の姿を見ているだけでも、心が鎮まってくるのでなかろうか、と思ってのことであった。

一代が、課長の落合と手を切るために喫茶店を開いたのだということは、すでに姉妹中に知れわたっていた。その落合が、「赤いトビラ」に現われて、醜態を演じたことも。更に、五百子には、広瀬という青年が思いを寄せてくれていることも……。

昨日までの二美子は、五人の姉妹の中で、いちばん早く結婚するのは自分であろうし、いちばん幸福になれるのも自分であろうと思い込んでいたのである。が、今は、そういう思いを捨てなければならなかった。父親にだって、近く結婚するかもわからない、といってあったのだ。それを訂正する辛さが、今から思いやられた。

それにしても、さっきの長田は、醜態であったし、それに比較して、石辺太郎の方が、遥かに立派であったようだ。

二美子が聞き返したとき、石辺がそれを待っていたように立って来て、

「おッ、談判は決裂したらしいね。」

と、嬉しそうにいったのである。

その石辺を睨みつけて、長田が、

「君だな、この女に、よけいなことを吹っ込んだのは。」

と、憎らしげにいった。

「よけいなことって、君が、近く、君津ふみ子なる女性と結婚するということか。」

「そんなことは、デマだ。」

「デマ?」

「デマにきまっている。」

長田は、まるでヤケクソのようにいった。

「しかし、僕は、丸山一男君に聞いたんだよ。」

「丸山一男?」

「君の会社にいるだろう? あれは、僕の学校友達なんだ。その丸山君がいっていたのだ。もし、君が、あくまでデマだというんなら、僕は、明日、丸山君に抗議に行く。ついでに、丸山君に、君に対して謝罪させてもいいんだぜ。」

長田は、ぐっと詰ったようであった。

「どうだね、ここらで素直にあやまったら。」

「嫌だ。」

「嫌?」

「君に、関係のないことじゃないか。」

「そう。が、僕は、これでも君に感謝しているんだよ。」

「嘘をつけえ。」

「頭の悪い男だなア。」

石辺は、あきれ果てたようにいった。

周囲の人人が、こっちを見ている。そのことが、いっそう長田の立場を不利にしているようであった、が。それだけに、引っ込みがつかず、

「頭が悪いだと？」

「そうさ。君が、この人をあきらめてくれたお蔭で、僕に、この人と結婚出来る可能性が出来てきたんだ。僕は、これでも君さえよかったら、今夜これから君に一杯おごってもいいと思っているくらいなんだよ。」

「断わる。」

「勿論、僕だって、断わってくれた方が、よけいな金と神経を費わなくてたすかるのだ。」

「ふん、君なんか、この女と結婚出来るもんか。」

「何故？」

「この女は、僕に惚れ切っているんだよ。」

横から二美子は、

「いいえ、あたし、もうあなたなんか、大嫌いになったわ。」

石辺は、ニヤリとして、

「聞いたかね。僕の方が、ますます、有利になって来たよ。」

すると、二美子は、またしても、

「あたし、石辺さんなんかと結婚しないことよ。」

長田は、しめたとばかりに、

「聞いたかね。」

「ああ、聞いたよ。」

「お気の毒に。」

「まア、一年後を見ていたまえ。この人は、きっと、僕の妻になっているから。」

「そういう夢でも見ていろ。」

「ご忠告有りがとう。人間には、夢は、必要なんだ。君だって、もうすこし夢を見るような人間になっていたらよかったんだよ。」

長田は、ぐっと詰ったようだ。何かいいたいらしいのだが、うまく口に出てこないらしいのである。

それを見ると、石辺は、

「そろそろ、帰った方がよさそうだよ。」

「放っといてくれ、僕の勝手なんだから。」

「勿論。」

「覚えていろよ。」

長田は、帰りかけた。

「ちょっと、待った。」

石辺がいった。そして、振り向いた長田の鼻先に、伝票をつきつけて、

「男ならこれくらい払って行けよ。」

長田は、その伝票をひったくると、さっさと出口の方へ向かった。

あとに、石辺と二美子の二人が残った。

「どうだ、やっぱり、僕のいった通りだったろう?」

「知りません。」

「どっかで、晩ごはんを食べようか。」

「嫌です。」

いい捨てると、二美子は、さっと立ち上って来たのであった。

しかし、今となって、流石に石辺に悪いことをしたような気がしていた。石辺の好意を思えば、もっと素直になってよかったのである。ましてや、長田の前で、結婚したいとまでいってくれたのだ。

しかし、あのときは、どうしてもその気になれなかったのであった。二美子は、明日にでも、一応、石辺にあやまっておこうかという気になっていた。

誰かが二美子と肩を並べた。二美子は、それがたった今考えていた石辺であることに気がつくと、おどろきながらも、

「まア、どうなさったのよ。」

と、つい優しい口調でいってしまった。

「ずっと、君のあとをつけて来たんだよ。」

「嫌だわ。」

「だって、うっかり、飛び込み自殺でもされたら、僕としては、元も子もなくなるし、生涯に悔いを残すことになるからね。」

「誰が、飛び込み自殺なんかするもんですか。」

「そうだよ。君には、僕がついている。」

そのうぬ惚れの強さに、二美子は阿呆らしいくらいだったが、しかし、かならずしも不愉快ではなかった。

「どこへ行くんだね。」

「姉がこの近くで喫茶店を開いていますから、そこへ。」

「それは知らなかった。じゃア、僕もいっしょに行く。」

「その必要がございません。」

「いや、僕としては、一度、お姉さんにお会いしておきたいよ。何故なら。」

「何故なら?」

二美子は、石辺を見た。石辺は、見返して、

「君のお姉さんなら、将来、僕にとっても、お義姉さんになるんだからね。」

と、当然のようにいった。

円満解決　一

志奈子が、会社の本間哲夫、尾崎良彦、そして、久保隆太の三人に、それぞれ、十七万円についての利殖の方法を考えさせてから二カ月以上を経過していた。

すなわち、本間の案は、今後の成長を見越してM建設株を買うことであり、尾崎の案は、買い占めの噂のあるTゴム株を買うことであり、久保の案は、最も平凡にO証券の投資信託を買うことであった。志奈子は、その通り実行した。そして、三日目か四日目には、そろばんをはじいていた。勿論、いくら儲かったかを知るためであったが、それ以上に気になるのは、三カ月目に、最も有利な案の提出者と接吻の約束をしていることであった。接吻なんか、たいしたことでないのだ、という考え方だってある。ほんの座興として、笑ってすますことだって出来そうである。しかし、志奈子には、どうにもそういう気になれないのであった。出来ることなら、逃げたかった。

しかし、三人とも、本気で志奈子と接吻する気でいるらしいのである。その証拠に、三人

は、ときどき、志奈子のところへやって来て、

「今日の相場は、どうかね。」

と、聞くし、そのあと、

「もし、今日が三カ月目であったら、僕が接吻して貰えるんだがなア。」

と、いったり、または、

「よかったよ、今日が三カ月目でなくって。」

と、いったりするのであった。

そのつど、志奈子は、笑ってすましているけれども、この三人の中の誰かと接吻しなければならないのだと思うと、気が重かった。三カ月目が迫ってくるにつれて、ますます、気が重くなってくる。

（やっぱり、あたしは、間違っていたらしいわ）

いや、らしいのではなく、間違っていたと断定したいような気分になっていた。自分が金儲けのために、接吻を提供する約束をしたように思われて、嫌で仕方がなかった。勿論、金は欲しいし、せっかくの五十万円を百万円にも二百万円にもしたい。きっと、素晴らしいに違いないのである。しかし、そのために、接吻をしなければならないのだと思うと、気が滅入ってくるのだった。

今も、志奈子は、そろばんをはじいて、儲けを計算しながら、そのことを考えていた。本

間の案では、一万三千円からの儲けになっていた。尾崎の案は、いちじ株価がぐんぐん上昇しかけていたのだが、その後、買い占めの説は誤報だったらしく、しだいに元に戻り、それでも、一万円ぐらいの儲けになる。が、久保の案である投資信託は、五千円ぐらいの儲けに過ぎなかった。それでも、二カ月余りで合計二万八千円からの儲けになるから大きい。もし、志奈子が、自分だけの考えでやっていたら、こういう結果にならなかったかもわからないのである。その点、三人には、大いに感謝すべきだ、と思っているのだが……。

志奈子は、そろばんをおいて、目下の処、いちばん接吻の可能性のある本間との場合を空想してみた。

(嫌だわ……)

儲けの一万三千円のうちの三千円を払ってもいいから許して貰いたかった。

次の尾崎との場合も、おんなじだった。

志奈子は、最後に、最も可能性のすくない久保との場合を空想した。気がついたとき、志奈子は、そういう空想に、うっとりとしていたのである。志奈子は、あかくなった。同時に、自分の心の声を聞いたように思った。

(あたしは、いつの間にか、久保さんを好きになっていたんだわ)

それだからこそ、他の二人との接吻を、こんなにも嫌がるようになっていたのだ。やっと、その原因が自分にわかった。

（でも、久保さんは、あたしのことをどう思っていて下さるか知ら）

勿論、三人とも、自分に好意をいだいてくれているのだ、とわかっていた。しかし、その好意というのは、ほんの通りいっぺんのもので、接吻ということについても、あるいは、しどくぐらいに考えているかもわからないのである。

（もし、あたしが、本間さんと接吻したら、久保さんは、そのあとで結婚してくれる気になるだろうか）

その点が、心配だった。かりに、久保が、他の女と接吻したりしたら、志奈子は、きっと憤るに違いないのである。志奈子は、考えているうちに、自分が、ますます、久保が好きであることがはっきりして来た。自分の結婚すべき相手は、この世に、久保隆太以外にないように思われて来た。そうなれば、一日も早く、久保の心の底をたしかめ、その上で、うまく他の二人から接吻をまぬがれる手段を考え出す必要がある。

（そうだわ、今夜、久保さんを誘い出してやろう）

そう決心すると、志奈子は、久保に電話をかけた。

「久保さん、あたしよ。三沢志奈子。」

「おお、どうしたね。」

久保の元気な声が聞えて来た。

「あなた、今夜、おひま？」

「ああ、おひまだね。」

「だったら、あたしに晩ごはんをご馳走して下さろうとは、お思いにならない？」

「思ってもいいよ。」

「まア、思ってもいいですって？」

「いやいや。喜んで、ご馳走させて頂きます。ただし、だよ。」

「なに？」

「一対一でないとお断わりだ。」

「あたし、はじめからそのつもりだったわ。」

「よろしい。大いによろしい。」

そのあと、二人は、いっしょに帰ることにして電話を切った。

（これでよし）

志奈子は、思った。どうやら頭痛のタネになっている接吻の問題が解決出来そうな明るい気持ちになっていた。

二

一週間たった。

志奈子は、「赤いトビラ」に一人で来ていた。あとから、久保がくることになっていた。

「赤いトビラ」は、相変らずはやっているようであった。そのことで、一代が、

「みんなが、お客さまを連れて来てくれるからだわ。」

と、四人の妹たちにいった。

事実、その後、二美子は、ときどき、石辺太郎を連れてくるようになっていた。三也子は、父の会社の竜田竜吉といっしょに。ただし、三也子の場合、竜田竜吉が、会社の前に待っていたりして、強引に、

「〝赤いトビラ〟へ行きましょう。」

と、誘うのだそうだ。

三也子は、はじめのうち、その強引さに眉を寄せていたのだが、そういうことが度重なってくると、二度に一度は、いいわ、というようになり、最近では、嫌といわなくなっているようだった。

ただし、三也子は、竜田を自分の恋人とは認めていなかった。

「あたしは、お父さんから頂いた五十万円のうちの一部で旅に出て、恋人を探してくるんですからね。竜田さんの場合、平常、お父さんがお世話になっているらしいから、そのお義理で、おつき合いをしているだけだわ。」

三也子は、いつでもそういい、本当に旅に出るつもりらしく、いろいろの旅行案内で、行先の研究をしていた。しかし、近頃になって、旅行のことをあまり口にしなくなっていた。

五百子は、広瀬といっしょに来ている。広瀬の方は、五百子と結婚する気でいるらしいのだが、五百子には、まだ、その気がないようだった。それに、五百子は、最年少の十九歳なのである。自分でも、結婚は、五人の姉妹の中で、いちばん最後にと決めているようだった。

志奈子が、久保をはじめて「赤いトビラ」へ連れて来たのは、一週間前であった。

その日、二人は、先ず、銀座に出て、食事をした。その席で、久保が、三人の案の結果についで聞いた。志奈子は、正直に答えて、

「だから、この分では、あたし、本間さんと接吻することになりそうだわ。」

と、いったのである。

久保は、面白くなさそうであった。

「いいでしょう?」

志奈子は、久保の顔色を見ながらいった。

「そりゃアどういう意味だ。」

久保は、ビールのせいもあって、喧嘩腰でいった。しかし、それこそ、志奈子の期するところであったのである。が、それを顔に出さないで、

「勿論、本間さんと接吻することよ。」

「君は、バカだよ。」

「あら、どうしてよ。」

「すると、君は、本間君が好きなのか。」

「でもないわ。」

「だったら、接吻なんかよせ。」

「だけど、そういう約束だったわ。」

「そんな約束なんか、破ってしまえ。」

「恨まれない？」

「恨まれてもいいじゃァないか。とにかく、君は、本間君とも、尾崎君とも、接吻するな。そのかわり、僕と接吻しよう。」

「まア、厚かましい。」

「厚かましいもんか。僕は、君が好きなんだ。いいか、もし、他の二人のうちの誰かに接吻しそうだったら、僕は、その前に、その男に決闘を申し込みたいと思っているんだ。」

「ねえ、もっといって。」

思わず、志奈子は、本音を吐いてしまったのである。

「何？」

久保は、志奈子を見た。そして、志奈子が真ッ赤になっているのを見ると、

「よーし、何度でもいうぞ。」

と、勇気凛凛たる口調になって、

「僕は、君が好きだ。接吻もしたいし、結婚もしたいと思っていた。だから、君が、あの二人と接吻することを許さぬ。」

「………」

「もっともっと、いおうか。」

「いいえ、それだけで十分だわ。」

志奈子は、嬉しさに涙ぐみたくなっていた。いちばん好きだと思っていた久保からこのように力強く愛の宣言をされたのである。あらためて、自分の心境について、正直に物語った。

「それで、今夜、僕を誘ってくれたのか。」

「そうよ。いけなかった？」

「いや、誘ってくれてよかったんだよ。」

「ほんとうに？」

「そして、君って、お金も大事にするが、それ以上に、愛情も大事にする人だとわかって、僕は、嬉しいんだよ。」

「有りがとう。だけど、本間さんと尾崎さんには、何んといえばいい？」

「僕からいうよ。」

「どういうふうに？」

「こんど、二人は、相思相愛の仲であることがわかったから、どうか、あしからず、と。」

「あの二人、それで承知して下さるか知ら？」

「僕がさせてみせる。それに、あの二人は、そんなわからず屋ではない筈だ。」

「すると、あたし、もう安心していいのね。」

「いいとも。ただし、条件がある。」

「いって。」

「あの二人の案で買った株は、この際、処分してしまった方がいい。」

「あなたの案のは？」

「あれは、残しておいた方がいい、二人が、こういうようになった記念のものなのだから。」

「はい。」

「それから、もう一つ、条件がある。」

「どういうこと？」

「今夜中に、僕と接吻すること。」

「…………」

「いいだろう？」

「…………」

「ダメかい？」

久保は、さっきまで、あんなに威張っていたのに、ちょっと弱気になりかけた。志奈子は、そういう久保に、いっそうの好感をいだいた。イエスともノウともいわないで、優しく微笑みかけてやった。その微笑が、久保を勇気づけ、

「僕は、幸せになれそうだ。」

「あたしも……。」

そのレストランを出てから、二人は、暗い道を選んで、最初の接吻をしたのであった。志奈子は、頭の片隅で、

（あたしは、本間さんとでも、そして、尾崎さんとでもなく、まぎれもなく、久保さんと接吻しているんだわ）

と、思っていた……。

接吻のあと、志奈子は、久保を「赤いトビラ」へ誘ったのである。何んとなく、久保を一代に見せておきたくなったのだ。そして、「赤いトビラ」には、ちょうど安子が来ていて、あとで、久保のことを、

「とってもいいお方じゃアありませんか。」

と、ささやいてくれたのであった。

今夜は、久保が、本間と尾崎とを食事に誘って、志奈子のことで諒解を求め、その結果を持って、この「赤いトビラ」へくることになっているのであった。

三

扉が開いて、三也子が入って来た。そして、続いて、竜田竜吉が。

「あら。」

志奈子がいった。

「まア、志奈子ちゃん、来ていたの。」

三也子がいって、顔をあかくした。そのあかくなったことで、志奈子には、三也子が、竜田を愛しはじめているのだと思って間違いないような気がした。

「やア、志奈子ちゃん。」

竜田がいってから、これは、如何にも嬉しそうな顔をしてみせた。

二人は、一代にも挨拶してから、志奈子と同じテーブルに着きかけたのだが、

「かまわないの？」

と、三也子が念を押した。

「どうぞ。ただし。」

「ただし？」

「会社の久保さんが、あとでお見えになるまでよ。」

「まア、久保さんが、いらっしゃるの？」

「その筈になっているんだけど。」

志奈子は、時計を見た。七時半になっていた。二人に話をつけてから、遅くも八時までには行く、といっていたのである。

「じゃア、それまでね。」

二人は、志奈子の前の席に並んで腰を掛けた。尤も、他の席には、客がいたのでもあった。

二人は、コーヒーを注文した。

「今夜、父は？」

志奈子が竜田にいった。

「何か、昔のお友達に誘われたからといって、どこかへ夕食を食べにいらっしゃいましたよ。あるいは、あとで、ここへお寄りになるんではありませんか。」

「そう。」

いっておいて、志奈子は、

「三也子お姉さん、例の旅行は、どうなさいますの？」

と、わざとニヤニヤしながらいった。

「勿論、行くつもりよ。」

横から竜田が、

「いや、そのことで、さっきから議論し合っていたんだけどね。」

と、口を出した。

三也子は、お喋りねえ、というように竜田を見た。竜田は、かまわずに、

「結局、そういうことはムダでないかと、僕がいったんですよ。」

「どういう意味ですの？」

「ただ、旅行するだけならかまわないけど、恋人を探すためというのはですよ。」

「どうしてですの？」

「恋人なら目の前にちゃんといるんだし、ということです。」

「竜田さんのことね。」

「僕が、三也子姉さんの恋人として、おかしいですか。」

「いいえ、ちっとも。」

聞いていて、三也子が、敢て異議をはさもうとはしないのは、竜田のいうことを認めているからであろう。

「有りがとう。」

竜田は、頭を下げて、

「君、志奈子ちゃんも賛成してくれたよ。」

と、三也子にいった。

「でも、あたし、そのうちに、やっぱり、旅に出るかもわかりませんからね。」

「いいとも。」

「あら、いいの?」

三也子は、ちょっと不満そうにいった。

「そのときには、僕もいっしょについて行くから。」

「あたしが嫌だ、といったら?」

「たとえ、嫌だといわれても。しかし、僕は、そんな筈がないと信じている。それに……。」

「それに?」

「僕は、お父さんには、いつだって、何も彼も話しているんだよ。」

「父が、何んといってまして?」

「ふつつかな娘だが、君、よろしく頼むよ、と。」

「失礼しちゃうわ。」

三也子は、ぷっとふくれて見せたが、本心からでないことは、明白であった。

二人のそういう話を聞いていると、志奈子は、一刻も早く、久保に来て貰いたくなってくる。久保を実際に見ているのは、一代と安子だけである。が、志奈子が久保を「赤いトビラ」に連れて来たことは、他の人人に知られているのだった。志奈子は、久保が、この目前の竜田にも、そして、石辺にも、広瀬にも、優るとも劣らぬ男だと思っていた。三也子や竜田に見せたくなっていた。が、そのためには、本間と尾崎の問題が、円満に解決して貰わないと困るのである。勿論、まさかとなれば、あくまで嫌ですと開き直ってやるつもりでいる。しかし、それでは、久保が、せっかく仲のよかった二人と喧嘩別れをしなければならないことになる。自分のために、久保にそういう思いをさせたくなかった。だからこそ、円満な解決を希望するのである。久保ならそれをやってくれるだろうと思っているのだった。

杉本が入って来た。

「あら。」

杉本よりも先に、一代がいった。杉本が、一代に、結婚の申し込みをしたことは、志奈子も聞いていた。しかし、一代は、その返辞を保留しているのである。が、今の一代の嬉しそうな容子を見ていると、早晩、うんといいそうであった。三也子も同じ思いだったらしく、志奈子を見て、意味ありげに笑った。

「また、ビールを。」

杉本は、そこまでいってから、自分を見ているこちらの三人に気がつき、

「やア。」

と、てれ臭げに頭を下げた。

「今晩は、杉本さん。」

三也子は、いってから、

「ビールなら、ここで、竜田さんといっしょにお飲みになりません？」

杉本よりも先に、竜田が、

「えッ、いいの？」

と、三也子にいった。

「だって、お飲みになりたいんでしょう？」

「勿論。」

「杉本さん、如何？」

「僕に異存はありませんよ。」

志奈子が、

「だけど、一代お姉さんのご意見も聞いてみないことには。」

「いいわよ、そんなことまで、いちいち、あたしに聞かなくっても。」

「ふッふッふ。」

「嫌な志奈子ちゃんね。」

やがて、杉本も同じ席に来て、竜田と二人で、ビールを飲みはじめた。三也子は、ときどき、竜田にお酌をしてやっている。今は、すっかり竜田を好きになってしまい、恋人探しのための旅行はあきらめているようであった。そうなると、志奈子は、ますます久保が待たれた。久保にも、ビールを飲ませてやりたくなっていた。

杉本と竜田が、ビールを二本ぐらい飲んだとき、一美子が石辺を連れて入って来た。ただちに、石辺も、その仲間に入った。

「まるで、約束でもしていたように、姉妹が四人揃ったわね。」

二美子がいった。

「これで、五百子ちゃんが現われると、面白いんだけど。」

「そうよ、広瀬さんをお連れしてね。」

三也子がいった。二美子が、

「それじゃア、志奈子ちゃんが可哀そうじゃアありませんか。」

「ところが、そうでもないらしいのよ。」

「あら、どうして？」

「あとから、会社の久保さんがいらっしゃることになっているんですって。」

「ほんと？　志奈子ちゃん。」

「ほんとうでございます。ですから、久保さんのビールを残しておいて上げてね。」

しかし、その久保が現われる前に、安子が入って来たのである。

「あらあら、お揃いですのね。」

四

「では、失敬。」

平太郎がいった。

「どうも、ご馳走さま。」

そういって、村野健三が、渋谷駅の方に去って行った。そのうしろ姿には、老年の哀れさがにじみ出ているようであった。老年といったところで、平太郎よりも一年前に定年退職したのだ。しかし、その後、平太郎のように働きに出ないで、家に引っ込んでいるので、すっかり老け込んでいた。それに、せっかく苦労して育てた一人息子が、嫁を貰ってから別居し、ほとんど寄りつかないし、たまにこちらから訪ねて行っても、嫁の方がいい顔をしないのだそうだ。

村野の方から平太郎に電話をかけて来て、久し振りに会いたいといったので、平太郎は、渋谷の一杯屋に誘ったのである。もし、平太郎が、玉子に絶望していなかったら、このときとばかりに、「美はし」を利用したであろう。が、今は、そういう気持ちになれなかった。

結局、村野に愚痴を聞かされ、

「どこか、僕が勤められるようなところがあったら、心がけておいてくれないか。」

と、頼まれてしまったのである。

「考えておこう。」

しかし、平太郎に、そのアテがあるわけではなかった。

「ぜひ。」

念を押すようにいってから、村野は、

「同じ定年退職者でも、君は、勤めていられるだけ幸せだよ。」

と、羨ましそうにいった。

「かも知れぬ。」

「それに、娘さんが五人もあるんだろう?」

「そう。」

「五人もいれば、一人ぐらい、何んとか老後の面倒を親身に見てくれるに違いないよ。」

「しかし、その五人を、これから結婚させなければならないのだと思うと、うんざりしてくるんだ。」

「それもそうだなア。」

「しみじみ、亡くなった女房が生きていてくれたらと思うことがあるよ。」

「どうだね、いっそ、再婚したら?」

「まさか。」

平太郎は、一笑に付するようにいったが、そのとき、あの安子を思い出していたのである。はじめのうちは、よく出しゃばる女だ、と嫌っていたのだが、近頃になって、その出しゃばりが、娘たちにとって、大変なプラスになっているのだ、とわかって来た。娘たちは、小母さん小母さんと慕っているし、自分との結婚を希望しているようなのである。勿論、平太郎は、問題にならぬ、と思っていた。今更、再婚なんて煩わしいのである。しかし、これから五人の娘を嫁入りさせる面倒、更に、その後、一人ぼっちになったときの自分の淋しさを思うと、考え込みたくなっていることも事実であった。ただし、安子には、中学生の男の子が一人いる。再婚するとなれば、当然、その子を引き取らなければならない。が、一度、安子は、その子を連れて家へ寄ったことがあるのだが、素直に育っていて、悪くなかった。いっしょに暮せそうな気がしていた。

「まさかって、もし、その気があるんなら、僕は、世話をしてもいいよ。四十六歳の未亡人だが。」

「四十六歳。」

平太郎は、そんなお婆さんはごめんだ、といいかけて、口をつぐんだ。安子なら、三十五歳で、まだまだみずみずしさを残しているのである。しかし、世間的には、自分が再婚するとなると、四十六歳ぐらいの女ということになるのかと、平太郎は、ますます、安子の存在が、自分にとって貴重のように思われて来た。

「老け過ぎているかね。」

「いや、そういう意味でなく。とにかく、今のところ、その意志がないから。」

「なら仕方がないが。」

気がつくと、平太郎の靴先は、「赤いトビラ」に向いていた。はじめは、あれほど反対したのだったが、今では、こっちへ来たついでに寄ってやるようにしていた。

が、平太郎は、ときどき、ふっと、思うのであった。

(娘たちに、五十万円ずつわけてやったことが、失敗なのではなかったろうか)

もし、失敗であったとしたら、平太郎の責任なのである。

しかし、一代の場合についていえば、五十万円を基金にして、喫茶店を開いたのである。幸いにして、はやっている。が、もっと重大なことは、その喫茶店を開いたことによって、一代は、課長との仲が清算出来、杉本という男を得ようとしているということであろう。平太郎は、杉本を悪くない、と思っていた。一代の過去を知っていて、なおかつ、一代を幸せにしてやろうとしているのである。勿論、先の先のことは、誰にもわからない。が、現在のところでは、一代に五十万円をわけてやったことは、かならずしも失敗でなかったようだ、といえそうである。

その他の四人の娘たちについても、五十万円をわけてやったことによって、多少の運命を変えているようだ。そのため、却って、不幸になっている娘がいないとも限らないのである。平太郎にとって、最大の関心事であった。

(だが、今更、どうにもならないのだ。矢は、弦をはなれたようなものなのだから)

平太郎としては、そう思うより仕方がなかった。更に、五人の娘には、それぞれの運がついている筈だから、自分の力で、それを切り拓いて行って貰いたいのであった。

いつか、平太郎は、「赤いトビラ」の前に来ていた。入って行くと、わっという歓声が上り、平太郎は、度胆を抜かれた。見ると、一代は、当然のこととして、二美子、三也子、そして、志奈子がいたのである。更に、杉本、竜田、それにもう一人、平太郎の見知らぬ男がいて、親しそうにビールを飲んでいた。二つのテーブルがつなぎ合わされて、「赤いトビラ」は、これらの人人によって、貸切りのようになっていた。気がつくと、安子までがいたのである。

「いったい、これはどうしたんだね。」

平太郎がいった。

「偶然に、このように集まってしまったのよ、お父さん。」

二美子が代表していった。

「偶然にねえ。」

平太郎は、感慨深げにいって、一人一人の顔を眺めて行った。こうなると、五百子だけが抜けていることが、心残りでもあった。

平太郎の見知らぬ男が、つと立ち上って、

「志奈子さんのお父さんですか。」

「さようです。」

「お父さん、会社の久保隆太さんよ。」

志奈子がいった。

「それはそれは、娘がいつも、お世話になっております。」

「いえ、こちらこそ。」

いってから久保は、志奈子の方を振り向いて、

「君、あのことをいっていい。」

「まだ、早いわよ。」

志奈子は、羞かみながらいった。しかし、久保が、尾崎と本間に、接吻のことをうまく話をつけて来てくれたので、ホッとしているのだった。二人は、久保の話を聞いて、一応は、

「それでは、約束が違うぞ。」

と、詰め寄ったのだが、久保と志奈子が、すでに結婚の約束をしているのだと知ると、

「そんなら、僕は、あきらめる。」

と、本間がいい、

「おめでとう、久保君。」

と、尾崎がいったのだが、更に、

「条件がある。」

と、つけ加えた。

「何んのことだ。」

「君の頭を、ここへ出せ。」

「どうするのだ。」

「殴ってやるのだ。でないと、この腹の虫がおさまらぬ。」

「そうだ、僕もだ。」

久保は、観念した。二人に殴られることによって、志奈子をこの二人からまもり抜くことが出来るのなら、お安いことなのである。

「よーし、殴ってくれ。」

久保は、頭を出した。

「覚悟は、いいな。」

「悲鳴を上げるなよ。」

二人は、脅かしておいて、しかし、実際には、たいして痛くない程度に殴っておいて、円満解決となったのである……。

「いいじゃアないか。」

久保がいうと、安子が、

「そうですとも。では、出しゃばりついでに、あたしから申し上げましょうか。」

平太郎は、安子を見た。

「久保さんは、志奈子さんと婚約なさりたいそうですよ。」

「婚約？」

平太郎は、志奈子と久保を見た。二人は、同時に、ピョコンピョコンと頭を下げた。他の人人は、平太郎が何んというかと、聞き耳を立てている。場合によっては、自分たちも結婚の話をいい出したげである。

そのとき、扉が開いて、五百子が入って来た。そして、そのうしろから広瀬が、とうとう、五人の姉妹が、全部揃ったのである。しかも、その五人の姉妹が、それぞれ、恋人といっしょなのだ。

五

ところが、五百子は、不機嫌であった。そして、広瀬は、途方に暮れているらしいのである。杉本が、

「広瀬君、こちらへ来てビールを飲まないか。」

しかし、五百子は、

「ダメよ。今、重大な談判の真最中なんですからね。」

と、叱りつけるような口調でいった。

広瀬は、頭をかいた。

「いったい、どうしたのよ、五百子ちゃん。」

安子がいった。

「どうもこうもないのよ。小母さん、聞いて頂戴。」

「ええ、お聞きしますよ。」

「いつか、あたし、広瀬さんを保証人にして、広瀬さんのお友達に十万円をお貸ししたこと、話したでしょう?」

「ええ。そのとき、あたし、とってもいいことをなさったといった筈ですよ。それでこそ、お金というものが活きてくるんだ、と。」

「そうよ。だけど、それは、十万円のお金がちゃんと返ってくる場合のことでしょう?」

「すると、あの十万円は、返ってこないことに?」

「そうとは決っていないんだけど。あのね、十万円をお貸しした友達のお母さんが、病気におなりになったのよ。」

「まア、お気の毒に。」

「そのために、あたしの方へ月賦で返す予定の金が、当分の間、ダメになってしまったのよ。」

「でも、いずれは、返ってくるんでしょう?」

「そりゃアそうかもわからないけど、あたし、癪にさわったのは、お友達からそういう申出が一カ月も前にあったのに、広瀬さんが、今日まであたしに黙っていたことよ。」

「別に、悪意があったわけではないんです。が、そうなれば、もともと、僕の責任なんだし、僕は、払うつもりでいたんですよ。」

「だったら、問題じゃアないでしょう、五百子ちゃん。」

「ところがよ、小母さん。広瀬さんが、こんど、四国へ転勤することになったのよ。」

「まア、四国へ？」

「そうなんです。昨日、部長から話があったんです。」

「仕方がありませんわね、サラリーマンに転勤は、つきものなんだし。」

「ええ。で、僕は、四国へ行ったら、毎月二千円ぐらいずつ送るといったんですが、五百子さんは、それでは困るというんです。」

「だって、あたし、そういう意味では、広瀬さんを信用していませんもの。ですから、四国へ発つ前に、せめて五万円を返してほしいといっているのよ。」

　さっきから黙って聞いていた平太郎が、

「五百子。そんな無理をいってはいけない。」

と、たしなめるようにいった。

「でも、あれは、あたしのお金よ。お嫁入りの仕度のための大事なお金だわ。」

五百子は、不満げにいった。

「そうですとも、五百子ちゃんのいう通りですよ。」

安子がいった。広瀬は、困り切っていた。他の人人も、固唾を飲んで聞いているのである。

安子は、一応、それらの人人を見まわしておいてから、

「たった一つ、名案があるんですけどね。」

「名案って？」

五百子がいった。

「もし、五百子ちゃんが、あたしの案を実行なさったら、絶対に回収不能の心配はありませんよ。」

「いって、小母さん。」

「この際、といっても無理なら、あと一カ月か二カ月して、五百子ちゃんも四国へ行くんですよ。」

「あたしが？」

「そうして、一生、広瀬さんのおそばにいて、十万円の取り立てをするんですよ。」

「まア、一生かかって？」

「要するに、結婚なさい、ということですよ。」

「ああ、それこそ、絶対の名案です。」

広瀬がいった。五百子は、黙り込んだ。そこまでは、考えていなかったようだ。ちらっと広瀬を見て、あわてて目を伏せた。

「こうなったら、皆さんのご意見をお聞きしましょう。」

安子がいった。

「賛成です。ついでに、僕と志奈子さんの結婚をお許し下さい。」

先ず、久保がいった。そうなると、竜田は、負けていられないとばかりに、

「僕も賛成です。そして、僕たちの結婚も、どうか、お願いします。」

石辺は、わざわざ、立ち上って、

「どうか、僕たちのこともお忘れなく。」

と、いってから、杉本に、

「杉本さん、チャンスですよ。」

と、けしかけるようにいった。

「お願いします。」

杉本は、頭を下げた。

しかし、男たちの発言に対して、女たちは、黙っていた。といって、反対でないことは、その顔に現われていた。

「では、全員賛成と認めさせていただきますよ。」

安子は、そのあと平太郎に、

「こうなっては、ご異存がございませんね。」

平太郎は、苦笑した。反対する理由が見つからなかったのである。かりに、反対してみたところで、この場の雰囲気では、ムダであったろう。十一人の目が、平太郎に注がれている。

平太郎は、それを感じながら、

(いちどに五人の娘を失うことになるのだ)

(いや、そう思ってはいけないのだ。いちどに、五人の婿を得ることが出来るのだ)

安子は、平太郎の心の中を見透かしたように、

「かりにそうなったら、あたしが、いろいろのお世話をさせて頂きますが。」

「どうか、よろしく、お願いいたします。」

平太郎は、はじめて、安子に頭を下げたのであった。それは、五人の娘の世話だけでなく、その後のこともよろしく、といっているようであった。

「はい、及ばずながら。」

安子が答えた。

五人の娘と、早晩、その娘たちと結婚する男たちは、いっせいに歓声を上げた。

「赤いトビラ」の扉は閉められて、表に、臨時休業の札が貼られたのは、それから五分後であった。中では、遅くまで明るい笑い声が続いていた。

解説

印南敦史

源氏鶏太を知ったのは、たしか中学生か高校生のころだった。活字が好きで、目につくものを片っ端から読んでいたころ、たまたま手にとったのだと思う。つまりは偶然出会ったようなものなのだが、結果的に源氏ワールドは、僕にとってかけがえのないものとなった。とはいえ昔のことなので、最初になにを読んだのかは覚えていない。けれどもあっという間に魅了されたことは間違いなく、次から次へと読み漁ったのだ。多いときには、一日に数冊読んでいたほどである。別に、自分の読書ペースを自慢したいわけではない。それどころか、僕は「遅読家」についての本を出しているほど読書ペースが遅い人間だ。しかし、源氏作品ならそれが可能だったのだ。なぜなら堅苦しくもなく、難解でもなく、むしろ驚くほど親しみやすかったのだから。読みやすく、ストーリーは痛快でおもしろすぎるので、興奮状態が止まらなくなったということである。

なぜ、そんなことになったのか。理由はいたってシンプルだ。基本的には〝勧善懲悪〟であり、正しい者が勝ち、悪人は負ける。そんな、大衆小説ならではのわかりやすい図式が源氏作品には貫かれている。つまり誤解を恐れずにいえば、そのプロットは漫画のそれにとても近いのでスラスラ読めるのだ。

そんなこともあり、描かれる物語にはいくつかの〝お約束〟がある。主人公は、才気にあふれるが生意気な若手社員だったり、誰にでも噛みつく定年間際のおじさんだったり、貧しい家庭に生れながらも、身も心も美しい娘だったり多種多様。その多くが不幸な境遇や、なにかの壁にぶつかっていたりする。物語の進行とともに、多くの苦難に見舞われることも少なくない。しかし最終的には、周囲の人に助けられながら幸せをつかむのだ。

都合のいいときに都合のいい相手と街でばったり出会ったり、たまたま紹介してもらった相手と運命的な立ち回りをすることになったり、危機一髪のところで助けられたり、現実的にはありえないエピソードの連続である。漫画に近いと書いた理由は、まさにここに集約される。早い話が、お伽話なのだ。でも、それでいいのだ。

たしかに、「こんなにうまくいくはずがないよ」と思わせる部分がたくさんある。でも、それが楽しい。「それでもいいじゃないか。だって、読むだけでこんなに幸せな気分になれるのだから」と思わせる説得力があるのだ。そんなお約束感が、たまらなく魅力的なのである。

いわば源氏世界においては、読者の「こうなってほしい」という思いに沿った形で主人公が救われていくのだ。苦しんでいた主人公は最後に苦難を乗り越え、主人公を苦しめる相手はクライマックスで負けを認めざるを得なくなる。だから読者は、現実世界では解決不可能な人間関係のしがらみなどを、作品を通じて解消できたような気になれる。そこが共感を呼んだからこそ、源氏は昭和を代表する大衆小説家として支持されたのだ。しかも数十年にわたり、サラリーマンとの二足のわらじを履きながら傑作を量産してきたのだから、そのパワーには驚かされるばかりだ。

そんなわけで、僕にとっても忘れられない作品は数多い。まず最大のおすすめは、お人好しの桜井大伍くんと隣の席の山吹桃子さんを軸として話が進んでいく『明日は日曜日』（一九五三年）。どの回も「明日は日曜日ね」という会話で幕を閉じる、ほのぼのとした作品である。また、後期の作品『ずこいきり』（一九七二年）も痛快だ。熱血漢の主人公、青山庄平が活躍する勧善懲悪の展開は、いかにも源氏鶏太らしい。一方、主人公である矢沢章太郎の停年退職にまつわる悲哀を描いた『停年退職』（一九六二年）に代表される、物悲しい作品も捨て難いところではある。こうして書き連ねていくだけでページが埋まってしまいそうだが、実に魅力的な作品が多いのである。

『家庭の事情』は、一九六一年に雑誌『オール讀物』に連載されたファミリー小説である。翌年には、吉村公三郎監督、山村聡、若尾文子、叶順子らのキャスティングによって映画化もされている。なお二〇〇七年に、『家に五女あり』というタイトルでドラマ化されたこともあるという。

七年前に妻を亡くした主人公の三沢平太郎は、五人の娘の父親。三十年のサラリーマン生活を終えた結果、退職慰労金の二百万円、預金の百万円、合計三百万円が残った。そしてこの三百万円を、自分と娘を加えた六人で均等に分けようと提案する。ひとり五十万円ずつというわけだが、これは現在でいえば二百五十万円程度だろうか。いずれにせよ、若い娘たちにポンと与える額としては破格である。だから娘たちも、突然手にすることになった大金をどう使うべきかと思案することになる。

二十六歳になる長女の一代《かずよ》は、勤め先の課長の落合英二と不倫関係になるが、捨てられた結果、ひとりで生きて行く決心をする。父からもらった五十万円と自らの退職金、妹から借りたお金で、喫茶店「赤いトビラ」を開店するのである。やがて同じ建物に勤める建築家の杉本五郎と出会い、新たな人生をスタートさせる。

次女の二美子《ふみこ》は、S電気工業に勤める二十三歳。五十万円は、「倒産の危機に瀕する兄の会社の再建のためにお金が必要」だという恋人の長田吉夫に全額貸してしまう。ところが長田は、兄の取引先の会社の社長令嬢と金銭結婚することになり、裏切られた二美子は五十万円をも失いかける。しかし、同僚の石辺太郎の尽力により、五十万円は無事に戻ってくることに。それまでは石辺を煙たがっていた二美子は、それをきっかけとして石辺と結ばれる。二十三歳の三女である三也子《みやこ》が選んだのは、五十万円すべてを貯金しようという手堅い手段。恋人もおらず、いつかそのお金の一部を使って旅行をしようと考えている程度だったが、結果的には再就職した父と同じ会社に勤める竜田竜吉と結ばれることになる。

二十一歳の四女志奈子《しなこ》はしたたかで、自分に好意を寄せる三人の男性を操縦し、いちばんお金を増やせた相手と接吻をするという約束を取り交わす。ところが恋愛感情には勝てず、最後にはいちばん儲けの少なかった久保隆太と結婚する。

志奈子に匹敵するほどの現代っ子ぶりを見せるのが、十九歳になる五女の五百子《いおこ》だ。Y化学工業の総務課に勤める彼女は、五十万円で金貸しをはじめるのである。しかし結果的には、浪費家の広瀬和孝と結婚することになるというのだから、これはおもしろい結末である。

そして、退職後にR産業の嘱託として再就職した父の三沢平太郎だ。真面目に勤め人として生きてきた彼は、自由になりたいという思いから、料理屋の女中である玉子と交際する。しかし、お金目当てだったことがわかり失意の底に落とされるのである。その過程を眺めていたR産業の竜田竜吉が抱いた「いくら分別のある男でも、中年を過ぎてから遊びを覚えると、あの様なバカになってしまうのであろうか」という思いが、平太郎の姿を見事に言い表していた。だがご心配なく。最後は、かねてから再婚を勧められるも断り続けていた愛沢安子と結ばれることになるのだ。

このように、六人が六人、問題を抱えながらも、それらを乗り越えていくさまが同時進行で語られていく。興味深いのは、ラストで平太郎と五人の娘全員がそれぞれの幸せをつかむという〝タイミングのよさ〟だ。同時に六組のカップルができあがるということは、現実社会ではあり得ないかもしれない。が、それこそが痛快な源氏鶏太的世界なのである。現実がどうあろうとも読んでいてまったく違和感はないし、それどころか爽やかな読後感が残るのだ。

ところで源氏鶏太については、ずっと気になっていたことがある。サラリーマン小説の旗手として時の人となった彼は一九五一年に『英語屋さん』で直木賞を受賞しているし、多くの作品がドラマ化、映画化されてもいる。映画化された作品だけでも八十本に及び、つまりはどう考えてもモンスター級の作家なのである。にもかかわらず、少なくともここ数年まで、その作品はすべてが絶版だったのだ。

大作家の作品が、ここまで無視されていたという事実には違和感があるかもしれない。しかし残念ながらそれは、大衆小説の宿命でもある。つまり必ずしも「文学的価値」があるとはいえないだけに、文壇から忘れ去られていくことになったのだ。だがその一方で重要なのは、現実的に源氏作品が多くの〝生活者〟に支持されていたという事実である。端的にいえば「みんな、それぞれの場所でがんばっているんだな」ということを、作品を通じて実感することができるのだ。

源氏作品の絶頂期と重なる高度経済成長期は、華やかに語られすぎるきらいがある。しかしその背後に、個々の労働者の日常的な努力や苦悩があったことを忘れるべきではない。それが〝結果的に〟日本を成長させたということだ。源氏作品は、そんなことを改めて実感させてくれるだろう。

そして、そういう根源的な部分は、現代とも少し似通っている。もちろん経済状況は大きく異なるのだが、「労働者の努力や苦悩」という部分に、なんらかの共通点があるように思えてならないのだ。だとすれば、源氏作品に表現されたさまざまな人間像は、「いまだからこそ」読者に訴えかけるのではないか。そういう意味で、二〇一六年二月の『青空娘』、同年九月の『最高殊勲夫人』（ともにちくま文庫）と、源氏作品が相次いで復刻されたことには大きな可能性を感じる。もちろん、それは本作も同じだ。単なる懐古趣味ではなく、〝いま、源氏作品を読むこと〟にこそ、大きな意味と価値があるのである。

（いんなみ・あつし　作家・書評家）

・本書『家庭の事情』は一九六一年一月号から十二月号まで「オール讀物」に連載され、一九六一年十二月に文藝春秋新社より刊行されました。
・文庫化にあたり『源氏鶏太全集』第二十九巻（講談社一九六六年）を底本としました。
・本書のなかには、今日の人権感覚に照らして差別的ととられかねない箇所がありますが、作者が差別の助長を意図したのではなく、故人であること、執筆当時の時代背景を考え、該当箇所の削除や書き換えは行わず、原文のままとしました。

バナナ 獅子文六

大学生の龍馬と友人のサキ子は互いの夢を叶えるためにひょんなことからバナナの輸入でお金儲けをする。しかし事態は思わぬ方向へ……。（鵜飼哲夫）

箱根山 獅子文六

戦後の箱根開発によって翻弄される老舗旅館、玉屋と若松屋。そこに身を置き惹かれ合う男女を描く傑作。箱根の未来と若者の恋の行方は？（大森洋平）

カレーライスの唄 阿川弘之

会社が倒産した！　どうしよう。美味しいカレーライスの店を始めよう。若い男女の恋と失業と起業の奮闘記。昭和娯楽小説の傑作。（平松洋子）

ぽんこつ 阿川弘之

文豪が残した昭和のエンタメ小説！　時は昭和30年代、知り合った自動車解体業「ぽんこつ屋」の若者と女子大生。その恋の行方は？（阿川佐和子）

末の末っ子 阿川弘之

五十代にして「末の末っ子」誕生を控えた作家・野村耕平は、執筆に雑事に作家仲間の交際にと大わらわ。昭和ファミリー小説の決定版！（阿川淳之）

命売ります 三島由紀夫

自殺に失敗し、「命売ります。お好きな目的にお使い下さい」という突飛な広告を出した男のもとに、現われたのは？（種村季弘）

三島由紀夫レター教室 三島由紀夫

五人の登場人物が巻き起こす様々な出来事を手紙で綴る。恋の告白・借金の申し込み・見舞状等、一風変ったユニークな文例集。（群ようこ）

肉体の学校 三島由紀夫

裕福な生活を謳歌している三人の離婚成金。〝年増園〟の例会はもっぱら男の品定め。そんな一人がニヒルで美形のゲイ・ボーイに惚れこみ……。（群ようこ）

反貞女大学 三島由紀夫

魅力的な反貞女となるためのとっておきの16講義（表題作）と、三島が男の本質を明かす「第一の性」収録。（田中美代子）

恋の都 三島由紀夫

敗戦の失意で切腹したはずの恋人が思いもよらない姿で眼の前に。復興著しい、華やかな世界を舞台に繰り広げられる恋愛模様。（千野帽子）

ぼくは散歩と雑学がすき　植草甚一
１９７０年、遠かったアメリカ。その風俗、映画、本、音楽から政治までをフレッシュな感性と膨大な知識、貪欲な好奇心で描き出す代表エッセイ集。

いつも夢中になったり飽きてしまったり　植草甚一
男子の憧れＪ・Ｊ氏。欧米の小説やジャズ、ロックへの造詣、ニューヨークや東京の街歩き。今なお新鮮さを失わない感性で綴られる入門書的エッセイ集。

こんなコラムばかり新聞や雑誌に書いていた　植草甚一
ヴィレッジ・ヴォイスから筒井康隆まで夜を徹して読書三昧。大評判だった中間小説研究も収録したＪ・Ｊ式ブックガイドで「本の読み方」を大公開！

雨降りだからミステリーでも勉強しよう　植草甚一
１９５０～60年代の欧米のミステリー作品の圧倒的で、貴重な情報が詰まった一冊。独特の語り口で書かれた文章は何度読み返しても新しい発見がある。

超発明　真鍋博
昭和を代表する天才イラストレーターが、唯一無二のＳＦ的想像力と未来的発想で〝夢のような発明品〟１２９例を描き出す幻の作品集。（川田十夢）

真鍋博のプラネタリウム　真鍋博　星新一
名コンビ真鍋博と星新一。二人の最初の作品『おーいでてこーい』他、星作品に描かれた挿絵と小説冒頭をまとめた幻の作品集。（真鍋真）

英絵辞典　岩田一男　真鍋博
真鍋博のポップなイラストで描かれた日常生活の205の場面ごとに、６０００語の英単語を配したビジュアル英単語辞典。（マーティン・ジャナル）

英語に強くなる本　岩田一男
昭和を代表するベストセラー、待望の復刊。暗記やテクニックではなく本質を踏まえた学習法は今も新鮮なわかりやすさをお届けします。（晴山陽一）

英単語記憶術　岩田一男
単語を構成する語源を捉えることで、語の成り立ちを理解することを説き、丸暗記では得られない体系的な英単語習得を提案する50年前の名著復刊。

英熟語記憶術　岩田一男
英語のマスターは熟語の征服にかかっている！　単語を英語的な発想法で系統的にとらえることにより、派生する熟語を自然に理解できるよう目指す。

うれしい悲鳴をあげてくれ　いしわたり淳治

作詞家、音楽プロデューサーとして活躍する著者の小説&エッセイ集。彼が「言葉」を紡ぐと誰もが楽しめる「物語」が生まれる。（鈴木おさむ）

ねにもつタイプ　岸本佐知子

何となく気になることにこだわる、ねにもつ。思索、奇想、妄想はばたく脳内ワールドをリズミカルな名短文でつづる。第23回講談社エッセイ賞受賞。

なんらかの事情　岸本佐知子

エッセイ？　妄想？　それとも短篇小説？　……モヤッとするのに心地よい！　翻訳家・岸本佐知子の頭の中を覗くような可笑しな世界へようこそ！

絶叫委員会　穂村弘

町には、偶然生まれては消えてゆく無数の詩が溢れている。不合理でナンセンスで真剣だからこそ可笑しい、天使的な言葉たちへの考察。（南伸坊）

回転ドアは、順番に　穂村弘　東直子

ある春の日に出会い、そして別れるまで。気鋭の歌人ふたりが、見つめ合い呼吸をはかりつつ投げ合う、スリリングな恋愛問答歌。（金原瑞人）

この話、続けてもいいですか。　西加奈子

ミッキーこと西加奈子の目を通すと世界はワクワク、ドキドキ輝く。いろんな人、出来事、体験がてんこ盛りの豪華エッセイ集！（中島たい子）

通天閣　西加奈子

このしょーもない世の中に、救いようのない人生に、ちょっぴり暖かい灯を点す驚きと感動の物語。第24回織田作之助賞大賞受賞作。（津村記久子）

泥酔懺悔　朝倉かすみ、中島たい子、瀧波ユカリ、平松洋子、室井滋、中野翠、西加奈子、山崎ナオコーラ、三浦しをん、大道珠貴、角田光代、藤野可織

泥酔せずともお酒を飲めば酔っ払う。お酒の席は飲める人には楽しく、下戸には不可解。お酒を介した様々な光景を女性の書き手が綴ったエッセイ集。

少しだけ、おともだち　朝倉かすみ

ご近所さん、同級生、バイト仲間や同僚――仲良しとは違う微妙な距離感を描いた短篇集。書き下ろし二篇を含む十作品。（まさきとしか）

青春と変態　会田誠

著者の芸術活動の最初期にあり、高校生男子の暴発するエネルギーを、日記形式の独白調で綴る変態的青春小説もしくは青春的変態小説。（松蔭浩之）

ちくま文庫

家庭《かてい》の事情《じじょう》

二〇一七年十一月十日　第一刷発行

著者　源氏鶏太（げんじ・けいた）

発行者　山野浩一

発行所　株式会社　筑摩書房
東京都台東区蔵前二―五―三　〒一一一―八七五五
振替〇〇一六〇―八―四一二三

装幀者　安野光雅
印刷所　中央精版印刷株式会社
製本所　中央精版印刷株式会社

乱丁・落丁本の場合は、左記宛にご送付下さい。
送料小社負担でお取り替えいたします。
ご注文・お問い合わせも左記へお願いします。
筑摩書房サービスセンター
埼玉県さいたま市北区櫛引町二―六〇四　〒三三一―八五〇七
電話番号　〇四八―六五一―〇〇五三

ISBN978-4-480-43477-7 C0193